AF532511

COLLECTION FOLIO

Tahar Ben Jelloun

de l'Académie Goncourt

L'insomniaque

Gallimard

Cet ouvrage a précédemment paru dans la collection « Blanche » sous le titre *L'insomnie*.

Tahar Ben Jelloun est né à Fès en 1947. Il s'installe à Paris dès 1971, publie ses poèmes chez Maspero et voit son premier roman, *Harrouda*, édité par Maurice Nadeau aux Éditions Denoël en 1973. Poète et romancier, il est l'auteur notamment de *L'enfant de sable* et de sa suite *La nuit sacrée*, qui a obtenu le prix Goncourt en 1987, ainsi que de *Partir*, *Le bonheur conjugal*, *L'ablation*, *Le mariage de plaisir* et *La punition*. Onze romans de l'auteur ont été réunis dans un Quarto avec une autobiographie inédite.

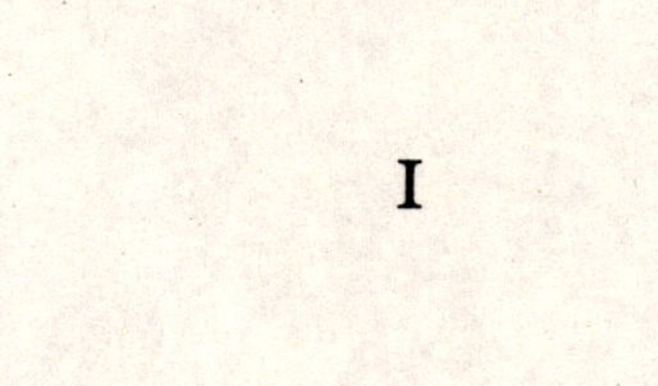

I

Chapitre 1

J'ai tué ma mère. Un oreiller sur le visage. J'ai appuyé un peu. Elle n'a même pas gigoté. Elle a cessé de respirer. C'est tout. Ensuite j'ai dormi, longtemps, profondément.

J'ai dû dormir des heures, car j'ai fait de nombreux rêves très beaux, lumineux, colorés, parfumés.

C'était la première fois que je passais toute une nuit dans un sommeil profond, apaisant, réparateur. Je ne me suis même pas levé pour pisser. C'est étonnant, car d'habitude c'est toutes les deux heures. J'ai une petite vessie devenue intolérante avec l'âge. Mais là, rien.

Le matin, je me suis senti bien. Comme on dit : frais et dispos. Je n'ai pas éprouvé le moindre remords, la moindre honte ou pudeur. J'ai souvent écrit des histoires de meurtres bien ficelés — je suis scénariste. Ça m'a toujours amusé, et les producteurs m'en ont beaucoup réclamé. Là, je me suis réveillé assassin. Je n'inventais plus des histoires, je me mettais à les vivre et à en profiter.

Comme par enchantement, j'étais passé de l'écriture à la vie.

Dans les jours qui ont suivi, je me suis mis pour la première fois à attendre la nuit avec impatience. Elle était devenue une amie. L'insomnie m'avait quitté. J'étais normal. Plus besoin de somnifères ou de calmants.

Personne n'a émis le moindre soupçon. Les gens disaient « elle a eu de la chance ! Mourir dans son sommeil, ça c'est une belle mort ». Je hochais la tête et répétais après eux « oui, elle a eu une belle mort, elle n'a pas souffert ».

Mais, au bout d'une douzaine de mois, mes nuits sont redevenues infernales…

Dans ma chambre, les rideaux étaient épais et tirés. Un rideau entre le monde et moi. Je tenais à être isolé. Aucun bruit non plus. Je m'étais équipé pour que rien ne contrarie mon sommeil. Triple vitrage. Lit de qualité. Draps d'un excellent coton. Oreillers choisis avec soin et adaptés parfaitement à la position de la tête. Bouteille d'eau sur la table de nuit. Petit transistor. IPod pour écouter de la musique. Tapis de sol pour faire mes exercices de respiration relaxants pour la nuit. Bref, absolument rien ne pouvait empêcher le sommeil de m'emporter dans son sillage. Mais j'étais privé de ce don. Le sommeil ne venait plus.

Chapitre 2

Tout se passait comme si les effets secondaires de mon crime s'étaient dissipés peu à peu. Fallait-il que je tue pour vaincre l'insomnie ?

La nuit, je passais en revue les personnes de mon entourage et me demandais qui choisir. La sœur aînée de ma mère n'allait pas fort. Je l'aimais bien, drôle, intelligente, mais très raciste. Pour elle, les Noirs étaient des sous-hommes, des esclaves. Le monde était ainsi fait. Elle admettait que ce n'était pas juste, mais si Dieu l'avait voulu, elle ne pouvait quand même pas aller contre sa volonté. Je pourrais la tuer, réfléchissais-je, mais elle était dans une clinique privée. Il me serait difficile de l'atteindre, surtout d'être seul avec elle. Ses enfants passaient la veiller à tour de rôle.

Ma femme pourrait faire l'affaire. Si j'étais un peu moins lâche, je convoquerais l'ange Azraël pour qu'il m'en débarrasse. Elle souffre d'apnée du sommeil. Il lui suffirait de prolonger cette suspension du souffle d'une minute ou deux et la mort surviendrait.

Vous vous demandez pourquoi je veux en arriver à cette extrémité, avec ma propre femme ? Je continue à l'appeler ma femme, mais en réalité nous ne sommes plus mariés depuis près de deux ans. Malgré cela, elle ne cesse de me poursuivre et de vouloir me nuire.

Mais je n'ai hélas pas le pouvoir de convoquer les anges et je ne suis pas non plus capable de passer du désir de la voir disparaître à la mise en œuvre de sa disparition. Je suis comme tout le monde, je préfère m'en remettre au destin, au hasard, cette sorte de magie virtuelle qui agit un jour à notre place.

C'est comme ça que j'ai pensé à Lalla Zineb, ma demi-sœur, mon aînée d'une douzaine d'années. Elle cumule plusieurs maladies : diabète, hypertension artérielle, insuffisance respiratoire, cholestérol élevé. Elle ne se lève plus, ne marche plus, prie assise et attend que Dieu vienne l'emporter. Elle l'attend comme s'il allait sonner chez elle, et lui demander poliment de se préparer pour le dernier voyage. Elle soulève régulièrement le rideau de sa fenêtre pour voir s'il y a quelqu'un devant la porte, envoyé par Dieu. À chaque fois, elle est déçue. Sa vie ne lui plaît plus. Elle dit que Dieu lui a donné le temps de marier tous ses enfants et ses petits-enfants et que sa mission est terminée. Depuis que son mari est décédé dans un accident, elle n'a plus goût à rien. Elle faisait donc une parfaite candidate à ma libération. Mais pour cela il fallait que je me déplace à Ouazzane, une région pas facile d'accès. Je devais aussi trouver un prétexte, lui apporter par exemple un médicament qui n'existe pas au Maroc, ou un cadeau venant de La Mecque. Elle adore tout ce qui vient de là-bas. Elle a fait le pèlerinage cinq fois et pense que mourir sur les lieux saints de l'islam est une chance inespérée. J'aurais pu lui offrir le voyage pour qu'elle se laisse piétiner par des brutes et meure sur place. Mais je n'étais pas assez croyant pour tenter le coup.

Je suis allé à Ouazzane. J'ai loué une voiture avec chauffeur. Je suis incapable de conduire au Maroc où les gens ne respectent pas le code de la route. Mon chauffeur, lui, savait parfaitement anticiper les réactions des automobilistes et éviter ainsi les accidents. C'était un homme malin, mais carrément raciste, qui disait n'aimer ni les juifs ni les Noirs alors qu'il était très foncé de peau, qui trouvait normal d'empêcher ses filles d'étudier à l'étranger et sa femme de sortir librement. Un champion de la théorie du complot. Tout s'explique par les manigances des ennemis de l'islam et des musulmans. J'ai essayé de le raisonner, en vain. Il était tellement sûr de ses convictions que j'ai fini par abandonner le combat. J'ai réussi cependant à lui interdire d'insulter en ma présence les juifs et les Noirs. Il se retenait et je voyais que ça le démangeait et qu'il faisait beaucoup d'efforts.

Je suis arrivé en milieu de journée. La chaleur était caniculaire. Je me suis dit que cela allait m'aider à la faire mourir. En arrivant devant chez elle, j'ai vu une ambulance. Elle était en train d'étouffer. Je me suis précipité sur elle et, tout en faisant semblant de l'embrasser, j'ai pesé de tout mon corps sur elle pour empêcher l'air d'arriver. Elle est morte avant d'atteindre l'hôpital. Je me suis demandé quelle avait été ma contribution à sa mort. Trente pour cent ? Cinquante pour cent ? J'ai évalué que ma part dépassait les cinquante pour cent. Ça m'a garanti quelques nuits de sommeil fort et long et surtout bien mérité.

J'ai tout de même pleuré sa mort. De vraies larmes. Je ne suis pas un monstre. Je me souvenais des petits plats qu'elle nous préparait quand on revenait de l'école affamés. Elle était gentille. Vraiment incapable de la moindre méchanceté. Ses enfants éplorés me serraient contre eux et moi j'essayais de les consoler en citant des versets du Coran, les sachant férus de ce grand livre. J'essuyais mes yeux avec les mouchoirs qu'ils me tendaient. « C'est une délivrance, leur disais-je, elle sera heureuse au paradis, car votre mère était une sainte, sa vie témoignera pour elle. » Un soupçon d'hypocrisie n'était pas inutile, vu ma participation non négligeable à son brusque décès. Pourtant, je le répète, je l'aimais sincèrement bien.

Le soir même, malgré la chaleur et les voix nasillardes des psalmodiants, j'ai dormi comme un ange sans que rien ne me dérange. Très vraisemblablement, j'allais retirer de mon forfait plusieurs mois de sommeil. Mais il me fallait désormais trouver une solution radicale à mes insomnies. Je ne pouvais quand même pas me transformer en tueur en série pour me débarrasser de mon problème. Il faut dire que j'avais tout essayé et que je revenais de loin. Pouvait-on dire de moi que j'étais devenu un assassin ? Étrangement, cela ne m'empêchait pas de dormir et je trouvais facilement des arrangements avec ma conscience. Après tout, ma mère comme ma demi-sœur étaient des personnes en fin de vie, je me persuadais que j'avais rendu service, que j'avais allégé des souffrances, que je leur avais évité ces soins palliatifs qui souvent ne servent à rien. Évidemment j'avais anticipé la fin et donné un coup de pouce à la faucheuse. Mais je ne m'en étais pris ni à des jeunes ni à des actifs, ni même à des étrangers. Tout s'était passé avec délicatesse. Je n'avais pour l'instant jamais forcé les gestes ou les doses. Je n'avais pas eu à faire d'effort de mise en scène pour dissimuler mon acte. Mon travail — est-ce un travail ? — n'avait pas laissé de traces. J'avais été là pour provoquer l'instant final.

Chapitre 3

Un ami égyptien, visiteur médical, m'avait parlé d'un test qu'on pouvait passer pour assister les malades en fin de vie, leur tenir la main et les aider moralement à rendre leur dernier souffle. J'ai trouvé la chose intéressante et me suis demandé si je serais capable d'assez de sérénité pour accompagner des personnes inconnues jusqu'à la mort.

Le test fut concluant. On m'affecta à l'hôpital Mohammed-V, un territoire où la mort danse le tango avec des destins brisés. Le vendredi j'arrivais après avoir fait les courses, je demandais la chambre du mourant ou de la mourante. L'infirmière consultait un registre, échangeait avec sa collègue : « Tu crois que c'est la fin du Marquis ? ou plutôt ce serait le jour de Mme Labiche ? » Je me demandais pourquoi on m'attribuait les étrangers. Quand j'ai posé la question, l'infirmière m'a dit : « Nous les musulmans, on n'abandonne pas nos malades ; ces pauvres étrangers n'ont personne pour leur rendre visite, c'est pour ça que nous vous faisons venir auprès d'eux. » La plupart de ces Européens avaient choisi le Maroc pour passer leur retraite au soleil. Au début leurs enfants leur rendaient visite, mais petit à petit, les liens se relâchaient et l'oubli s'installait gentiment.

La première fois que je me suis trouvé dans la chambre de celui qui se faisait appeler le Marquis — un homme portant moustache fine et favoris, très vieille France —, il était inconscient et n'avait pas reçu de visite depuis longtemps. L'infirmière m'a glissé à l'oreille : « Sa famille n'appelle plus que pour savoir s'il a rendu l'âme, ils attendent l'héritage… »

Je lui ai pris la main, une grande main fine, noire de taches, ses ongles n'avaient pas été coupés depuis longtemps, je l'ai serrée dans la mienne. Ses paupières ont bougé. Alors je me suis mis à lui parler. Sa main était très froide. J'ai fixé sa poitrine. Il ne respirait plus. J'ai appelé l'infirmière, elle a pris sa tension puis m'a dit : « Détrompez-vous, il n'est pas mort, il vit au ralenti, continuez à lui parler. »

J'ai profité de la visite du médecin pour m'éclipser. Mon demi-poulet acheté le matin avait dû refroidir. Je le mangerais avec de la moutarde et quelques olives et, si je le sentais, je m'étendrais sur mon lit. Peut-être que le fait d'avoir été si voisin de la mort m'aiderait à dormir. L'idée de manger mon demi-poulet m'obsédait. Chez le marchand, j'avais remarqué la présence derrière moi d'une jolie dame d'une cinquantaine d'années, bien habillée, délicatement maquillée. Elle avait acheté l'autre moitié. Si je la retrouvais, je l'inviterais à déjeuner chez moi. On mettrait nos deux moitiés l'une contre l'autre, et on mangerait avec appétit. Ça me déprimait de me retrouver seul dans ma cuisine à essayer d'avaler ce bout de volaille refroidi et pas assez épicé. Ça devait être pareil pour elle. Mais je n'ai pas recroisé la belle dame sur mon chemin.

De retour à l'hôpital l'après-midi, dans la chambre du Marquis, je lui ai repris la main. J'entendais sa respiration, mais elle était de plus en plus courte. Était-ce sa fin ? En début de soirée, il a eu des convulsions. J'ai alerté une nouvelle fois les médecins. En attendant leur arrivée, tout en tenant fermement la main du Marquis, je l'ai étouffé en posant ma tête sur sa poitrine. Au moment où le médecin de garde est entré dans la chambre, j'ai entendu un râle puis plus rien. Il a constaté le décès et l'a envoyé à la morgue. Je suis sorti de là fatigué et nauséeux. Mais j'ai bien dormi.

Le dimanche suivant, on m'a confié la fameuse Mme Labiche. Elle n'arrêtait pas de geindre. Elle pestait mais je ne comprenais rien à ses baragouinages. Quand j'ai pris sa main, elle l'a immédiatement retirée. J'étais tombé sur une récalcitrante. Au bout d'une heure, j'ai fini par comprendre qu'elle n'avait aucune envie de quitter ce monde.

Elle me rappelait certaines de mes nuits d'insomnie. Elle était agitée, malheureuse, désagréable. Jamais sereine. Elle s'acharnait à vivre alors que son corps la trahissait de plus en plus. On m'avait raconté qu'elle exigeait qu'on l'appelât Madame l'Ambassadeur. Personne ne comprenait alors pourquoi, et on pensait qu'elle fabulait. Jusqu'au jour où un médecin avait confirmé qu'elle était bien veuve d'un ambassadeur belge en Australie et qu'elle avait toute sa tête.

Je n'ai évidemment pas dormi cette nuit-là. L'image de cette femme rebelle à la paix me hantait. À cause d'elle j'ai décidé de mettre fin à mes visites et j'ai remercié mon ami égyptien en lui disant que je n'étais pas assez fort pour ça.

Quelques jours plus tard je suis tombé nez à nez avec la jolie dame au demi-poulet. Comme si elle avait lu dans mes pensées, elle s'est approchée de moi et a engagé la conversation :

« Je suis végétarienne, vous savez. Le demi-poulet du dimanche, je ne l'achète pas pour moi mais pour Hicham, mon frère aveugle qui vit avec moi. »

Je l'ai invitée à boire un thé à la menthe sans sucre. Elle sentait bon. À un moment, elle m'a demandé si je dormais bien. Curieux ! Avait-elle repéré l'insomniaque en moi ? Je lui ai exposé mon cas sans lui parler de mon stratagème, évidemment. Elle m'a avoué qu'elle avait perdu le sommeil depuis que son mari était mort brutalement d'une crise cardiaque. Ils venaient de se marier et avaient plein de projets ensemble.

« À présent je m'occupe de mon frère, il est intelligent mais parfois il perd patience et se met en colère. »

Sa réponse m'a troublé. J'en ai oublié de lui demander son numéro de téléphone et ai abrégé notre rendez-vous.

Chapitre 4

Je dormais plutôt bien depuis la mort du Marquis, mais je sentais que c'était fragile et que j'allais replonger. Quand miraculeusement Tony, une vieille connaissance, concierge à la clinique Jebilat, m'a appelé un week-end. Son vrai prénom était Ahmad, mais il se faisait appeler Tony, en référence à Tony Montana, le mafieux de *Scarface* joué par Al Pacino.

« Viens vite, tu sais, le Pointeur, le salaud qui a tué ma petite sœur, il a été admis aux urgences, plein de sang, accident ou dispute, je ne sais pas, mais il est dans un état grave. Bonne nouvelle, n'est-ce pas ? Viens vite, c'est le moment de réaliser notre rêve… on va l'achever… »

Il y avait en effet à Tanger un instituteur d'une quarantaine d'années dont l'âme brûlée se lisait sur son visage. On l'appelait « le Pointeur », « le Vieux », « le Borgne », voire « le Poète », mais cela dit avec un peu de mépris. Maigre, sec, des rides verticales, un regard inquiétant, une bouche sans lèvres et une dentition parsemée de trous. Il portait d'épaisses lunettes de vue à double foyer et prétendait aimer la poésie, surtout écrite par des jeunes filles naïves et prêtes à tout pour se faire publier. Il avait créé un journal, appelé simplement *Poésie*. Il écrivait lui-même des textes insipides mais assez abscons pour passer pour de la poésie hermétique.

Il repérait les jeunes gens — filles et garçons — à la sortie du collège et les séduisait en leur proposant de les aider à faire leur rédaction, les encourageait à écrire des poèmes dont les meilleurs seraient publiés dans son journal. Il remarquait assez vite ceux et celles qui se méfiaient et les évitait. Les autres tombaient dans son piège comme des fruits mûrs. Il y avait toute une mise en scène dans son minuscule studio où il recevait ses nouvelles victimes. Musique, lumière tamisée, thé à la menthe et, de temps en temps, quelques joints à fumer couchés, la main dans la main.

Malika, la petite sœur de Tony, fut une de ses premières victimes.

C'était à l'époque où l'on ne parlait pas dans la presse de pédophilie ni d'autres perversités. L'hypocrisie sociale taisait ces drames. À la suite de sa rencontre, la petite Malika fit une brusque dépression puis disparut un été en allant nager dans une mer agitée. C'était un suicide.

Après sa mort, déprimé et sans le sou, Tony s'était adressé à moi pour que je lui trouve un travail. Et c'est ainsi qu'un ami médecin lui avait procuré dans sa clinique ce poste de concierge, en fait homme à tout faire.

Celui qu'il appelait « le Pointeur » était certainement l'être le plus détestable, le plus méprisable, le plus crapuleux, le plus pourri, le plus cruel, le plus dangereux du royaume. Sa mort était réclamée quotidiennement dans pas moins de cinquante mosquées du pays par de malheureuses familles dont les enfants avaient été abusés sexuellement. Son arrogance et sa brutalité n'avaient d'égales que sa soif du mal. Il agissait toujours avec le sourire et en toute impunité. Son rire était gras et son haleine épouvantable. Aucune plainte pourtant n'avait été déposée contre lui. La honte et le malheur des familles s'enlisaient dans le silence.

Le Pointeur avait un moment tourné également autour de ma nièce, une jeune fille romantique, écrivant des poèmes à l'eau de rose mais sincères. Le voyou lui avait demandé de lui envoyer ses textes et elle était tombée dans ses filets. Mon frère aîné, apeuré, m'avait appelé à l'aide. Le Pointeur était inattaquable dans la mesure où il ne forçait personne à venir chez lui. Ce petit mec, maigre et obséquieux, s'arrangeait pour demeurer hors d'atteinte. Seul mon frère avait osé poursuivre en justice ce pervers qui, on allait le découvrir, était protégé par la police parce qu'il la renseignait sur certains opposants politiques au régime de Hassan II. Sa plainte avait été vite classée malgré les efforts d'un avocat sérieux, qui avait dû renoncer tant le Pointeur était un indic intouchable du régime.

Il était connu à Tanger pour son manège et sa perversité. Il agissait en douce. Certains parents avaient essayé de le menacer et étaient allés jusqu'à engager un docker pour lui casser la figure. Quand il l'avait appris, il avait disparu pour s'installer à Tétouan où il avait trouvé de nouvelles victimes, de plus en plus jeunes et surtout obéissantes, qu'il gardait sous sa coupe. À Tanger plus personne ne parlait de lui. On l'avait oublié. Jusqu'à ce jour où Tony m'a appelé très excité. Le temps était enfin venu de précipiter la mort d'une crapule que la police ne protégeait plus. L'époque des années de plomb était bel et bien révolue.

Je n'avais pas demandé sa tête à Dieu dans une mosquée ou dans une église. Je ne m'étais pas adressé à la justice, corrompue à tous les niveaux, je ne m'étais pas plaint à sa famille ni à ses sbires, je n'avais pas cherché à le piéger. J'avais juste appris à attendre, et avais eu assez de patience pour me retrouver aujourd'hui face à lui, plus près de la mort que de la vie. Au bloc de l'hôpital, le Pointeur était désormais couché et à moitié conscient. Il souffrait, il geignait, n'arrivait pas à ouvrir les yeux ni à dire un mot, il avait du sang partout. Il était foutu et je comptais sur l'état calamiteux de l'infrastructure de cette clinique et sur l'incompétence des médecins de garde pour que les soins tardent à être donnés et à faire leur effet. Il fallait que son cas s'aggrave au maximum pour qu'il soit très vite intransportable. Comme tous les grands voyous, il devait avoir une assurance européenne qui lui permettrait d'être évacué par avion sanitaire et d'être sauvé dans un hôpital parisien. Mais, vu ses nombreuses fractures et l'absence de sang pour le transfuser, il risquait de rester dans cette clinique un petit bout de temps encore. Il allait souffrir toute la nuit et j'espérais que pendant son agonie il serait hanté par le souvenir de toutes ces jeunes filles qu'il avait exploitées, violées, maintenues dans un chantage odieux. Les visages horrifiés des parents désemparés, certains munis d'un couteau de cuisine, d'autres d'une torche en flamme, menaceraient ses dernières heures. Ils passeraient lentement, se pencheraient sur lui et cracheraient sur son visage méconnaissable. Il aurait du mal pour une fois à trouver le sommeil, lui qui s'endormait d'habitude à peine la tête posée sur l'oreiller, sans problème, sans souci, sans hésitation.

Sa famille et ses rares amis, accourus de loin, s'étaient heurtés toute l'après-midi à une interdiction de visite, justifiée par son état catastrophique. Il était dans le bloc, seul. À minuit, on attendait encore le chirurgien qui finissait de dîner dans un grand mariage. Le Pointeur avait perdu connaissance, il était en train de mourir. L'infirmière tenta de joindre le médecin pour le prévenir, mais il était bloqué dans un embouteillage. Le convoi des mariés en croisait un autre, ça klaxonnait tout le temps. L'infirmière n'entendait rien.

À une heure du matin, j'ai enfilé une blouse blanche de médecin que m'avait procurée Tony et je me suis introduit discrètement dans le bloc, un masque bleu ciel sur le visage. Dans les couloirs, tout le monde m'a pris pour le chirurgien qu'on attendait. Je me suis souvenu alors de ce que disait Alfred Hitchcock à propos des crimes : il est bien plus difficile qu'on ne croit de tuer une personne de ses propres mains. C'est un combat, une lutte incertaine et bien souvent vaine. Il n'y a qu'au cinéma que les gens meurent sans difficulté. Impossible dans la vraie vie d'espérer étrangler un homme un tant soit peu corpulent.

Je me suis approché de son visage, lui ai murmuré dans l'oreille que son heure était arrivée et que j'étais particulièrement heureux d'en être chargé. Je n'ai pas eu à me battre. Il ne bougeait plus, mais visiblement m'entendait. Je lui ai dit mon nom et celui de deux de ses victimes. Ensuite j'ai appuyé sur sa blessure la plus importante, il a poussé un cri que j'ai vite étouffé avec un tissu que j'ai enfoui dans sa bouche. Tout en l'écrasant, j'ai débranché les tuyaux sans que ça se voie. Il s'est mis à suffoquer, sa respiration est devenue difficile, puis lente, tellement lente qu'elle allait s'arrêter inévitablement d'ici quelques minutes, le temps pour moi de le rebrancher ni vu ni connu puis de quitter les lieux en rejoignant la rue par la sortie de la morgue, là où il n'y avait personne.

En quittant la clinique, j'ai vu arriver le chirurgien habillé en smoking et nœud papillon, il faisait mine de se précipiter pour voir le malade. De loin, assis dans ma voiture, j'ai attendu la suite des événements. Au bout d'un quart d'heure j'ai vu la famille sortir effondrée, pleurant et criant. Le concierge essayait de les calmer. Un de ses frères hurlait qu'il allait porter plainte contre cette clinique incompétente, incapable de donner les premiers soins à un pauvre accidenté, il attaquait le Maroc et son système de santé, réclamait qu'on affrète tout de suite un avion pour transférer son frère à Malaga, à vingt minutes de là, où il y avait de bons médecins, pas des incompétents, des minables, des assassins… il jurait, donnait des coups de pied à son auto, se tenait la tête entre les mains et probablement pleurait de rage et de détresse. Il était trop tard.

Le spectacle était formidable. Une pièce de théâtre à la Jarry. Le destin avait mis du temps à se réveiller, mais triomphait enfin du Pointeur. Je jubilais, je me frottais les mains et les yeux. J'ai sorti de la boîte à gants une petite bouteille de single malt et j'en ai bu plusieurs gorgées. Cette vermine, j'en étais sûr, pourrirait longtemps avant que les rongeurs du cimetière n'entament ses restes.

Sans dîner, je me suis couché tout habillé et j'ai dormi longtemps d'une traite. Je crois même que j'ai fait pipi dans le lit. Ça le valait bien.

Chapitre 5

Depuis cette affaire, Tony dormait fort mal. Il était venu m'en parler alors que je m'apprêtais à faire une sieste sous l'arbre centenaire de mon jardin. Il avait mauvaise conscience, éprouvait des remords, des regrets, parlait de Dieu et de son prophète, de l'enfer et de la peur de s'y retrouver.

Il m'a demandé si je dormais sans problème. Je l'ai regardé et lui ai dit en souriant « oui, très bien en ce moment ». Je n'avais pas envie de lui expliquer l'immense bienfait que je retirais de la disparition de certaines personnes et je l'ai longuement rassuré.

« Tu n'as pas à avoir de remords pour le Pointeur, de toute façon, son heure était arrivée, il devait s'en aller. Nous n'y sommes pour rien, c'est le destin qui l'a voulu. Et puis, sa mort au contraire doit nous réjouir. Rappelle-toi ce qu'il a fait à ta petite sœur, et comment il a échappé des années à la justice… Mon frère aîné aussi est soulagé. Depuis le mariage de sa fille, il a refoulé cette histoire, mais elle pesait encore. Elle a refait sa vie malgré le traumatisme du viol. C'est toujours difficile de parler pour les victimes. La honte et la culpabilité se conjuguent et vous font taire, et l'épisode, avec le temps, disparaît dans un coin de la mémoire sans pour autant être effacé. »

Tony a semblé d'un coup convaincu. Il allait visiblement mieux. Au moment de partir, il m'a pris au dépourvu en déclarant qu'on devrait maintenant s'occuper de son frère, recherché par plusieurs polices pour trafic de drogue.

Étonné de ce revirement, je lui ai fait un geste de la main pour signifier que j'étais passé à autre chose. Mais ses yeux se sont mis à briller, comme s'il avait pris goût au crime. Mes paroles semblaient l'avoir libéré et il se sentait prêt pour de nouvelles vengeances.

Une semaine plus tard, il est revenu me voir, l'air inquiet, comme en proie à une crise de panique. Il avait apparemment couru jusque chez moi, il était très essoufflé :

« Chaque nuit le Pointeur me rend visite et me promet qu'il se vengera. J'ai de plus en plus peur. D'autant plus que le chirurgien me soupçonne d'avoir tardé à le faire appeler par l'infirmière et rejette la faute de son retard sur moi. Je ne sais pas qui lui a mis cette idée dans la tête, mais il m'a tenu un discours étrange. »

Plus j'essayais de le calmer plus je m'apercevais qu'il était fragile et qu'il constituait un danger pour moi. Il ne se maîtrisait pas et je l'imaginais tout à fait capable de raconter notre histoire à la police. J'ai décidé de lui mentir.

« Tu sais, quand je suis entré dans le bloc, le voyou ne respirait plus, il était déjà mort. Après l'avoir constaté et, je te l'avoue, en avoir été fort contrarié, je suis sorti par la porte arrière, la sortie de la morgue. J'étais content et déçu. Mais Dieu avait hâté les choses. Alors arrête de croire que nous l'avons tué. »

Il était un peu las, faisait les cent pas, il s'est allumé une cigarette et s'est mis à tirer dessus nerveusement. Je lui ai fait remarquer qu'il avait arrêté de fumer. Il a levé les épaules, l'air de dire que c'était plus fort que lui.

Chapitre 6

Mon ex-femme n'a jamais connu l'insomnie. Elle a toujours bien dormi, très profondément et longtemps. Combien de fois l'ai-je observée respirer et même sourire, loin de mes tourments ?

Elle croit en la nature. Elle a des théories sur tout et des herbes à infuser pour tout. Jamais de médicaments. Jamais de médecin. Elle se soigne seule. Elle mange bio. Elle est végétarienne évidemment. Elle est mince, a la peau très blanche, très claire. Ses yeux bleus donnent du charme à ses sourires. La nuit elle dormait en toute impunité. Le lendemain elle me faisait la leçon. J'ai eu beau lui répéter que mon histoire, mon passé étaient différents des siens, elle refusait de me croire.

Elle osait me dire : « Pour dormir, il suffit de le vouloir. »

Cette phrase, elle me l'a si souvent répétée que je ne peux plus l'entendre. La volonté ! Comme si j'entrais dans la chambre avec le désir d'embrasser l'insomnie.

L'insomnie a ruiné ma relation conjugale. À cause d'elle nous avons fait chambre à part et nous n'avons rapidement plus fait l'amour. Ce n'était peut-être pas seulement à cause de l'insomnie. C'était ailleurs qu'il fallait chercher la cause. Très tôt nous avons laissé filer notre amour. Ni elle ni moi n'avons essayé de le retenir, de lui donner une deuxième chance. Des nuits durant je me suis posé la question. Pourquoi notre amour nous a-t-il échappé ? Peut-être tout simplement que nous l'avions surestimé et qu'il était bien moins fort qu'on ne le croyait. Ensuite nous n'avons rien fait pour le consolider, le renforcer, le retravailler et nous adapter à sa nouvelle forme.

Pourtant, au début de notre vie commune, nous dormions enlacés, amoureux. Le matin nous n'avions pas le même rythme. Je me levais tôt, j'écoutais la radio dans la cuisine, je faisais ma gymnastique, et je lui préparais son thé et deux tranches de pain complet grillé. Nos nuits étaient belles, normales, enviables, nos jours aussi.

Ma première longue insomnie date du 10 décembre 1987. Ma femme est partie sans me prévenir et sans donner aucune nouvelle. Personne ne savait où elle était. Impossible d'aller dormir, j'étais trop inquiet : avait-elle disparu et, comme dans les films américains, la police allait-elle appeler pour que je vienne reconnaître le corps ? Était-elle simplement partie s'amuser sans m'en parler ? Avait-elle un amant ?…

Comment dormir avec toutes ces questions sans réponses ? Je me suis étendu sur le lit en espérant au moins me calmer, mais les pires clichés venaient m'assaillir. Je la voyais tantôt dans les bras de quelqu'un d'autre, tantôt dans une ambulance. La nuit exagérait tout. Le bruit d'une voiture avait l'ampleur du décollage d'un Airbus. L'aboiement d'un chien se transformait en hurlements. Il fallait créer une diversion. Je me suis levé. Je savais que ma manie du rangement m'empêcherait de penser. Mais voilà que je suis tombé sur un article du *Monde* consacré aux personnes qui disparaissaient chaque année sans jamais réapparaître. Une société proposait même ses services aux particuliers pour organiser ce genre de ruptures très spéciales. J'ai arrêté de ranger. France Musique diffusait une musique sinistre. J'ai changé de station. Nino Ferrer chantait l'histoire de sa fiancée qui prend un avion qui n'arrive jamais. Complot ! Tout était contre moi et me condamnait à passer une très mauvaise nuit. Vers sept heures je me suis endormi. À huit heures on a frappé à la porte. Ce devait être la police venue m'annoncer un malheur.

J'ai ouvert, c'était ma femme, rayonnante, avec un sachet de croissants à la main.

« Où étais-tu ?

— En boîte ! »

Depuis, l'insomnie s'est confortablement installée en moi. La nuit suivante, j'ai bu un verre d'eau, j'ai ouvert un livre et me suis mis à penser à autre chose. Dur de chercher le sommeil à côté d'une personne que la nuit caresse. Il y a eu bien d'autres nuits semblables à celle du 10 décembre. Chaque fois l'excuse était différente. Une panne sur l'autoroute. Une petite nièce hospitalisée d'urgence. Ses parents de retour de La Mecque. Une amie que son mari a quittée. Et jamais un coup de fil.

Négligence, oubli, dissipation, ou mépris pour celui qu'elle accusait d'en faire trop avec ses inquiétudes ?

Aujourd'hui je vis seul, je dors seul, pour être plus précis, je me mets au lit seul. Je n'inflige à personne mes chahuts, mes inconvénients. Ne pas dormir c'est être privé de rêve. Or, j'ai besoin du rêve pour alimenter mon imaginaire. Les rêves sont drôles et parfois instructifs, surtout si on les passe au crible d'une grille d'analyse un peu fine. Mon inconscient est aussi vivant et actif que ma conscience. Il a droit à disposer d'un espace où s'exprimer. La nuit et le sommeil sont son territoire. L'insomnie le prive de sa propre vie. Elle la lui vole, le maltraite, lutte contre les vérités qu'il peut nous révéler. Le travail de l'inconscient fait partie de notre équilibre, de notre harmonie et ouvre les voies de notre épanouissement, moi je n'y ai pas droit.

Nuits blanches, nuits sèches, sans rêves, sans cauchemars, sans aventures. Nuits tristes. Nuits étroites, étriquées, réduites à quelque souffrance. Nuits inutiles, sans intérêt, sans saveur. Nuits à oublier, à jeter dans la poubelle. Nuits traîtresses. Nuits sans vergogne. Nuits de bandits, de truands, de salauds. Nuits sales, perverses, cruelles, hideuses. Nuits indignes du jour, du soleil, de la lumière et de la beauté du monde.

Chapitre 7

Ma femme disparaissait puis revenait. En fait, cela faisait longtemps que je n'avais plus rien à faire avec elle. À l'époque je n'aurais jamais imaginé que j'envisagerais un jour de la tuer. Elle se serait débattue comme une hyène. Elle a une énergie extraordinaire, une force terrible et un dédain magistral pour le droit et la loi. C'est moi qui serais aujourd'hui sous terre si je m'étais attaqué à elle. D'ailleurs elle m'avait averti : « Un jour, je te détruirai. » Elle avait disparu de mon périmètre mais son ombre me hantait tout le temps, en particulier la nuit. Sa capacité de nuisance demeurait intacte. Quand j'essayais de l'expliquer à mes proches, les esprits stupides me disaient : « C'est qu'elle t'aime toujours ! » Comment pouvaient-ils confondre l'amour et cette volonté de nuire ? Comment penser qu'aimer c'est harceler, poursuivre de sa hargne une personne qui a été proche ?

Mais au fond, ma décision de la supprimer était prise depuis longtemps, je ne savais juste pas comment procéder et surtout comment ne pas me faire prendre par la police. Deux ans après notre séparation, l'heure n'était-elle pas venue enfin de passer à l'acte ? Il fallait commettre le « crime parfait ». J'ai revu le film d'Hitchcock, mais l'histoire de ce mari machiavélique n'était pas transposable. Pour vaincre mes insomnies, je devais mettre moi-même la main à la pâte. Je ne pouvais pas déléguer comme chez Hitchcock. C'était une condition essentielle pour que je retrouve le sommeil.

La sorcellerie, dont ma femme était une grande adepte, allait m'aider à mettre au point un stratagème efficace. Mais pour cela je devais pénétrer cet univers archaïque, consulter un charlatan, feindre de croire à ses balivernes et le faire travailler contre elle.

Je n'étais pas fier de moi quand j'ai accepté la proposition du docteur F., un ami d'enfance, de me rendre chez un sorcier dont il soignait toute la famille.

Petit bureau, petit mec, petite djellaba, petits yeux, grand sourire. Il faisait brûler de l'encens, fabriqué en Chine probablement, et consultait souvent un gros livre en arabe, pas le Coran mais quelque chose qui s'en inspirait. Il m'a demandé d'épeler mon nom. Au lieu de l'écrire, il a posé sur le papier des chiffres. Je m'appelais 26 48 52. Un numéro de téléphone d'avant ou celui d'un dossier des renseignements. Il s'est tourné vers mon ami docteur et lui a dit :

« Donnez-moi le nom de l’adversaire. » Nous nous sommes regardés et avons épelé le nom de mon épouse. Un chiffre moindre s’est affiché : 22 36. Le sorcier a levé les yeux vers nous et a dit en soupirant : « Je vois une femme qui la conseille et la domine. Elle est forte, trop forte. Il va falloir passer à un autre stade. Elle creuse votre tombe depuis longtemps, elle est aidée par trois sorciers, l’un est à Agadir, l’autre à Tafraout et l’autre se balade entre Marrakech et Tanger. Ils travaillent en permanence sous ses ordres. Beaucoup d’argent, des cadeaux, des repas somptueux… Elle est imbattable. Je suis désolé, j’aurais aimé vous aider, mais là on a affaire à du lourd, du très lourd. Le seul conseil que je puisse vous donner, c’est que le 26 48 52 s’en éloigne le plus vite possible, qu’il ne soit plus à sa portée, car elle le poursuivra jusqu’à obtenir ce qu’elle cherche. J’ai rarement eu un cas semblable, 22 36 ! C’est une bombe, une furie, une sauvage. Méfiez-vous, changez de maison et même de ville et ne dites à personne où vous êtes. Elle frappera sans pitié. Elle est déterminée à vous détruire par tous les moyens. Elle n’abandonnera jamais sa proie, elle est têtue, sans principe, sans pitié. »

Après un instant de silence, il a ajouté : « Elle n’est pas humaine, elle a vécu avec des animaux sauvages dont elle a hérité la rapacité et la bestialité. »

En sortant de cette rencontre, mon ami avait plus peur que moi. Il avait pris très au sérieux ce que disait le sorcier. Quant à moi, le sorcier n'avait fait que confirmer mes certitudes. Mon problème n'était toujours pas résolu. Il s'était révélé incapable de nous dire comment me débarrasser d'elle et comment sauver ma peau. Il proposait de partir, de fuir, de changer de vie... C'était difficile, et bien trop flou.

Le soir même, j'ai essayé de mettre sur pied un piège pour en finir avec elle. À trois heures du matin, je n'avais toujours rien trouvé mais j'avais déjà bien brisé ma nuit. Ça me dévorait trop, il fallait tout de suite arrêter d'y penser ou bien engager un tueur professionnel pour faire le travail, mais alors sa mort ne me servirait pas dans ma lutte contre l'insomnie. Une fois de plus, je tournais en rond. La tuer moi-même était beaucoup trop risqué. Il ne me restait plus qu'à me tenir le plus loin possible d'elle, comme me l'avait conseillé le sorcier, ne pas la provoquer, me blinder et faire le dos rond. Peut-être que cette position, après tout, favorisait le sommeil. C'est ce que j'ai tenté cette nuit-là. Mais comment fait-on le dos rond ? J'ai consulté un dictionnaire. Pas de schéma, pas de dessin. Je me suis mis au lit, pliant mes genoux et les ramenant vers moi pour arrondir mon dos. J'ai redouté une crampe. J'ai senti de temps en temps comme des pas de gens qui me marchaient dessus. Je résistais et je ne bougeais pas. Il fallait qu'ils sachent que plus rien ne m'atteignait. Mon sommeil, au début, a été un peu spécial, ensuite mon corps a accepté cette position et finalement j'ai dormi plutôt bien, pensant plus à mon dos qu'à mon épouse. Le matin je me suis réveillé léger. On aurait dit que le désir de vengeance s'était éclipsé. Je ne pensais plus à elle. Le dos rond ! Une bonne position pour tout envoyer bouler.

Chapitre 8

C'est durant cette drôle de nuit que j'ai eu l'idée de commettre un double meurtre. Deux frères, âgés de plus de quatre-vingts ans et atteints de la même maladie, Alzheimer. Je les connaissais très bien et depuis longtemps parce que l'un de leurs fils avait épousé l'une de mes cousines. Comment n'y avais-je pas pensé plus tôt ?

Les deux frères ne s'étaient pas vus depuis trois ans, quand, à l'approche du Ramadan, leur famille a organisé une fête et a convié l'aîné et le cadet. Le plus âgé, qui vivait à Malaga, est arrivé chez son frère. Il était hagard, marchait difficilement, s'est assis en face de son frère. De temps à autre, il jetait un œil dans sa direction. Mais ils ne se parlaient pas, parce qu'ils ne se reconnaissaient pas. Chacun se demandait qui était cet autre vieillard en face de lui. L'un des deux avait la main qui tremblait. Aucune émotion sur le visage. Ils avaient oublié qu'ils avaient été complices, avaient connu des différends, des disputes, avaient partagé jeux, aventures et beaucoup de fraternité. Tout avait été effacé et cela à leur insu. Ils ne connaissaient pas leur drame. Il se jouait pourtant à cet instant. Les membres de la famille assistaient à la scène et ne savaient qu'en penser. Il aurait été inapproprié de se lamenter. Certains étaient chagrinés, tous embarrassés. Que faire ? Que dire ? Moi, simple invité de ma cousine, je regardais cette scène et pensais que leur mort n'allait pas tarder. Ce qui tue, ce n'est pas l'Alzheimer, me disais-je, c'est le reste. Le corps se dégrade lentement sans que la personne le réalise. L'enveloppe reste, mais l'esprit a pris la fuite.

Deux immenses solitudes se faisaient face et ne retiraient plus rien l'une de l'autre. L'aîné n'avait pas fait de bonnes affaires dans sa vie. Son petit frère était au contraire un homme riche. Quasi analphabète mais riche. Plusieurs fois il avait dû aider son aîné. Mais aujourd'hui il se demandait en boucle qui était cet homme qui le regardait et dont il ignorait tout. Il ajustait ses lunettes, toussait, buvait une gorgée d'eau puis repartait dans son monde. Apparemment il ne souffrait pas.

La scène a duré de longues minutes. On a apporté le thé et les gâteaux. Ils ont bu et mangé avec appétit. Ils ne se regardaient plus, trop occupés à avaler les cornes de gazelle.

Tout d'un coup, un des enfants a demandé à son père :

« Tu le reconnais pas ?

— Non !

— C'est ton frère, mon oncle, Abdelhamid.

— Ah, oui, j'ai un frère et personne ne me l'a dit !

— C'est le frère à qui tu as si souvent prêté de l'argent.

— De l'argent ? Quand ça ?

— Tu te souviens pas ? Il a épousé la sœur de ta femme ; ce fut un grand mariage ; deux frères épousant deux sœurs !

— J'ai épousé ma sœur ? Tu es le diable ! »

Cela aurait pu continuer ainsi longtemps et tourner à l'absurde et au grotesque, mais une femme, probablement la fille aînée du cadet, s'est mise à parler :

« Mon père a amassé des tonnes d'argent. Toute sa vie a été consacrée aux affaires. Quand il était encore en bonne santé, il ne savait même pas à combien était estimée sa fortune, il a partout des maisons, des usines, des terrains, des magasins, des actions en banque. Et puis il était radin, tellement radin. Il ne lâchait pas un centime, il fallait ruser avec lui pour lui soutirer un peu d'argent. À présent, tout cet argent ne lui sert à rien. Il est absent et fait pitié ! »

Son frère, moins aisé, était dans la même situation. Quelqu'un a osé s'en moquer : « Avec l'Alzheimer, au moins, il oublie les dettes qu'il a accumulées ; là il est tranquille, il mange, il boit, il rote et s'endort sans prendre de somnifère ! »

Pour faire diversion, le plus jeune des enfants s'en est pris à la médecine et aux médicaments, il accusait notamment les calmants et les somnifères. Sa vieille mère, qui, elle, avait encore toute sa tête, a résumé la situation :

« Avant, notre mémoire nous jouait des tours. Aujourd'hui, avec tous ces médicaments, elle disparaît totalement. C'est pour cela que je n'en ai jamais pris. Quand je veux dormir, je prie Dieu et ça marche. »

Un des petits-enfants d'un des deux frères a demandé un peu naïvement comment prévenir la maladie de la mémoire.

Sa grand-mère a répété : « En priant Dieu. »

Son père : « En faisant des mots croisés. »

Son grand frère : « En faisant du sport intellectuel. »

Les uns et les autres poursuivaient leur discussion, oubliant que deux frères malades étaient toujours là, face à face, sans savoir où ils étaient ni avec qui. Tout à coup, un gamin a poussé un cri. Les deux hommes venaient d'uriner sans s'en apercevoir. Un liquide jaune ruisselait dans le salon. Il était temps de les emmener faire leur toilette dans la salle de bains. Deux hommes les ont emportés et plus personne n'a parlé d'eux. La scène était terminée. Un sentiment de honte et de malaise régnait dans la maison. Sans oser l'exprimer, tous espéraient qu'une mort douce viendrait emporter les deux vieillards dans un autre monde, loin du bruit et de la fureur des vivants. Mais la mort n'aime pas être tant sollicitée, elle prend son temps.

Quelques semaines après cette fête, le mari de ma cousine m'a demandé si je pouvais le remplacer dans son tour de garde auprès de son père. Il devait se rendre quelques jours en Espagne pour affaires. C'était assez simple, m'a-t-il dit, je devais venir en fin de journée, entre dix-huit et vingt et une heures, au moment où il se mettait au lit, et éteindre la lumière. Le premier jour j'étais très excité. Je devais trouver la méthode adéquate pour le faire partir sans éveiller de soupçons. Vers dix-neuf heures trente, la cuisinière lui a apporté son bouillon que j'ai proposé de donner moi-même au vieil homme. Le lendemain, je l'ai de nouveau nourri, mais, comme par inadvertance, je poussais la cuiller légèrement trop loin dans sa bouche et il avalait régulièrement de travers. Il s'est alors mis à tousser de toutes ses forces, n'arrivant pas à récupérer le liquide qui avait fait fausse route. Je suis sorti en appelant au secours, toute la famille présente est accourue. Il venait de rendre l'âme. Je me suis aussitôt disculpé, racontant qu'il m'avait réclamé davantage de soupe tout en se dandinant sur le lit, ce qui avait dû provoquer l'accident. Comme prévu, personne n'a pensé à m'accuser. C'était même plutôt l'inverse, tellement la famille voyait là une délivrance. Quant à moi ce geste fatal me comblait, j'allais pouvoir dormir de nouveau.

Je ne pouvais pas refaire la même chose avec le frère plus riche, mais j'ai eu une idée. Un mois plus tard, j'ai proposé à ses fils, que je connaissais un peu, de lui faire faire un tour dans sa Bentley qui moisissait au garage. Le vieil homme était heureux de quitter sa maison et surtout d'avoir de la compagnie. Il m'a posé des questions sur ma famille, mes origines et surtout il m'a demandé plusieurs fois si j'étais juif. Je lui répondais non mais cela le mécontentait. Il voulait que je sois juif. Au bout de dix fois, agacé, j'ai fini par lui répondre par l'affirmative. Là, furieux, il m'a hurlé : « Mais où est ta kipa ? Pourquoi ne la portes-tu pas ? T'es un mauvais juif, espèce de musulman ! »

« Espèce de musulman » était dans sa bouche une insulte. Il m'a dit : « Sans les juifs, je n'aurais jamais fait d'affaires. Ils sont excellents et tordus, mais je dois avoir moi-même un peu de sang juif parce que je suis plus tordu qu'eux. C'est pour ça qu'on s'entendait bien. Depuis qu'ils sont partis, je me sens bien seul. Quelle mouche les a piqués de nous abandonner ainsi ? » Je roulais lentement et je lui montrais les paysages de la Vieille-Montagne, là où il possédait plusieurs hectares constructibles. Il ne se souvenait de rien. Il s'est assoupi. J'ai arrêté la voiture, essayé doucement de le réveiller. Il dormait profondément. J'ai alors décidé de le ramener à la maison et de reporter à plus tard l'exécution de mon projet. De toute façon, avec la mort de son frère, j'avais cumulé un nombre important de nuits garanties sans insomnie. J'avais du crédit et je pouvais différer mon action.

Les enfants étaient contents que je m'occupe un peu de leur père. L'aîné me disait : « De toute façon, que je sois là ou pas, il ne s'en rend pas compte et me confond toujours avec un de ses clients avec lequel il était fâché. Merci pour tout le temps que tu lui as consacré ! »

Évidemment, je ne pouvais pas leur avouer le vrai motif de ma présence. J'avais inventé une histoire pour justifier mes visites et prétendu que, quand j'étais étudiant, il m'avait aidé en payant discrètement mes frais d'inscription. Ses enfants en avaient été très étonnés, tant l'avarice de leur père était légendaire.

Finalement, une nuit, le pauvre homme est tombé de son lit et s'est cassé le col du fémur. Ses fils m'ont appelé tôt le matin pour les aider à lui trouver une bonne clinique. Je pensais à celle où était mort le pédophile, mais par précaution il fallait changer de lieu. J'ai appelé mon ami le docteur F. qui, sans l'avoir ausculté, m'a confié qu'à cet âge-là il n'en aurait guère plus que pour une semaine.

Au bout de sept jours, son état s'était en effet énormément dégradé et l'on s'attendait à une mort imminente. Il fallait absolument que j'intervienne, sinon, je ne tirerais aucun bénéfice de sa disparition. Je me suis présenté en fin de journée à la clinique où il avait été transporté en début de semaine. Le docteur F., qui y travaillait, est venu me saluer. Il m'a donné des nouvelles du malade. Je l'ai prié de me laisser voir le vieil homme une dernière fois.

« Ce n'est quand même pas ton père, ni ton grand-père ! m'a-t-il lancé, légèrement ironique, trouvant sans doute étrange ma sollicitude.

— Ne t'inquiète pas, laisse-moi simplement lui tenir la main et lui parler, ça aide à s'en aller en paix et en douceur. »

Quelques instants plus tard, j'entrais dans sa chambre. Je me suis approché du lit, j'ai mis ma main sur son visage et, sans même faire d'effort, j'ai arrêté sa respiration. Dix minutes après, j'ai appelé le docteur F. qui a constaté le décès, téléphoné à la famille et m'a remercié chaleureusement pour ma présence qui, a-t-il dit, avait dû être bénéfique à cet homme. Il a ajouté, non sans malice, que c'étaient ses enfants qui allaient être heureux aujourd'hui.

Les points crédits sommeil — c'est ainsi que je les appelais désormais — que je venais de gagner étaient dix fois plus importants que ceux que m'avait fait gagner son frère qui, du fait de sa pauvreté, ne pesaient pas lourd dans la balance de ma bourse imaginaire. Je pouvais même entendre le bruit sympathique qu'ils faisaient en tombant dans ma petite réserve. Pour me mettre au vert et profiter j'ai décidé d'aller m'isoler quelques jours dans une maison de la Montagne et d'y écouter religieusement l'intégrale de John Coltrane.

Chapitre 9

Avant de partir, je me suis rendu sur la tombe de ma mère. Le cimetière était dans un état d'abandon et de crasse terrible. De la merde séchée. De la nourriture pourrie. Du vomi. Des chats et des chiens sauvages qui se disputaient ces restes. Des bouteilles en plastique en nombre important. Rien pour donner envie de revenir.

J'ai remis quelques billets à des lecteurs du Coran. Je leur ai demandé d'aller lire sur une tombe située à l'opposé de celle de mes parents. Je voulais juste les éloigner et me recueillir en paix face à ma mère. Je ne lui ai pas demandé pardon pour ce que j'avais fait. Je lui ai dit que mon geste l'avait aidée à mourir dignement et que, grâce à elle, j'avais compris comment me débarrasser de l'insomnie, ce mal qui me rongeait depuis si longtemps. Elle avait évité le calvaire des hôpitaux publics du Maroc où elle aurait attendu des heures dans un couloir qu'un médecin s'occupe d'elle, avant de lever les yeux au ciel et de me conseiller de la ramener mourir tranquillement chez elle.

De retour chez moi pour prendre mes valises, je me suis assoupi un instant, ce qui m'arrive rarement. J'ai rêvé que j'entrais dans un jardin public à Fès, Jenane Sbile, le jardin de mon enfance. Rien n'y avait changé. Le lac, les arbres, la pelouse, les pigeons les chats et chiens errants. Tout était là et rien n'avait bougé. L'air était sec. J'avais soif. Je me suis approché d'une fontaine. Elle était sèche. Pas une goutte. Je me suis tourné vers le lac. L'eau était gelée. C'était une glace reflétant un ciel très gris, presque noir. Pourtant nous étions en plein été. J'étais seul dans ce lieu familier. Un lieu devenu étrange, étranger. Je me suis assis alors sur un banc et j'ai attendu. Je savais que quelqu'un devait venir pour me laver le visage avec de l'eau ramenée de La Mecque. Je ne croyais pas à ses vertus mais j'acceptais ce rituel. C'était un mort qui avançait vers moi. Une sorte de fantôme comme dans certains films. Il était enveloppé dans son linceul blanc marqué de traces de terre brune. Il marchait mécaniquement. Je compris que c'était lui qui allait passer plusieurs fois sur mon visage ses mains trempées dans l'eau de Zemzem. Je me suis dit, que ne ferais-je pour vaincre l'insomnie. Le mort est passé devant moi sans s'arrêter. J'ai reconnu le Marquis. Il était suivi par Lalla Zineb, ma demi-sœur, le visage découvert. En fait quelqu'un m'avait envoyé dans ce jardin pour que j'assiste au défilé des personnes dont j'avais hâté la mort. J'étais attaché au banc, impossible de bouger. On aurait dit qu'une main métallique pesait de tout son poids sur mes épaules. Même si je n'avais rien fait de mal et seulement abrégé des souffrances, Dieu n'aimait pas ce genre d'activité. Il est le seul à décider du terme de chacun. C'est pour ça que toutes les religions condamnent sévèrement le suicide. En islam, celui qui ose défier Dieu et attente à ses propres jours est condamné à répéter son geste à l'infini. C'est pour ça qu'on a intérêt à bien choisir son suicide. Imaginez le type qui s'immole par le feu, celui qui se jette du vingtième étage ou celui qui s'étouffe dans un sac en plastique ! Le mieux est la boîte de somnifères. Au moins là, la répétition n'est pas trop pénible. Ah, mourir en s'endormant profondément, éternellement ! De toute façon il n'est pas question que je me supprime. Je provoquais la mort chez les autres, je ne me la donnerais pas, ce serait inconvenant.

J'éprouvais un sentiment trouble où se mêlaient l'épouvante et la souffrance. Je voyais des choses disparaître dès que mes yeux se posaient sur elles. Les voir, c'était les détruire. Pas les morts en revanche. Eux poursuivaient leur promenade devant moi, incapables de broncher.

Le jardin était inondé d'une lumière artificielle. Elle jouait le rôle de filtre, de voile entre l'état de veille et moi qui essayais d'échapper à mon cauchemar.

Et puis la lumière s'est éteinte lentement, et je me suis retrouvé dans un espace très différent. Mes crédits de sommeil semblaient épuisés ou ne fonctionnaient pas. C'est ce que les morts dans ce jardin étaient venus m'annoncer. J'étais à présent entouré de ruines circulaires où toute tentative de s'échapper était vouée à l'échec. J'ai regardé le monde autour de moi, une réalité bricolée par un destin borgne. Je ne reconnaissais plus rien et j'avais la conviction de n'avoir tué personne. Pourtant, simultanément, une nouvelle liste de candidats à la mort hâtée se dessinait dans mon esprit.

Chapitre 10

Alors que je fermais la maison pour quitter au plus vite Tanger, Tony m'a appelé, la voix grave : il voulait me voir d'urgence.

Une demi-heure après, il est arrivé chez moi muni d'un dossier gris qu'il serrait contre lui.

« Le roi vient de créer une commission "Équité et Réconciliation" pour rendre justice aux victimes des exactions commises sous le règne de Hassan II, réparer le mal que le pays a fait à des milliers de Marocains, opposants ou simples militants pour les droits de l'homme durant les années de plomb. Mais cette instance a renoncé à poursuivre judiciairement les responsables des disparitions et des tortures. C'est absurde et injuste, on va indemniser avec de l'argent les hommes et femmes ayant subi les pires tortures et ne rien faire à leurs tortionnaires. »

Je l'ai regardé en repensant aux amis torturés et à ceux qui avaient disparu. Exilé en France à l'époque, j'avais réussi à échapper à cette police parallèle particulièrement redoutable. Tony a poursuivi son exposé :

« Il se trouve que mon oncle a subtilisé un dossier terrifiant, celui d'un grand tortionnaire qui était le bras droit et la main gauche de Basri, le fameux ministre de l'Intérieur. Hassan II lui faisait une confiance aveugle, et il jouait pour lui quasiment un rôle de Premier ministre. Tapi dans l'ombre, c'était l'homme fort du régime. Il possédait paraît-il toute la ville de Settat. Je ne connais pas le prénom exact de ce type, j'ai juste un numéro à quatre chiffres suivis par la lettre Y en majuscule. Je crois qu'il s'appelle Yazid, oui, c'est ça, Yazid. »

Je l'écoutais en imaginant déjà ce qu'il allait me demander. Je lui ai tout de suite dit que c'était hors de question.

« Mais il est malade, un cancer généralisé… je pense qu'un coup de pouce à un salaud de ce calibre te donnerait beaucoup de crédits sommeil.

— Mais de quoi tu parles ?

— Tu ne t'en souviens pas, mais un soir, tu avais pas mal bu et tu m'avais expliqué qu'en tuant des salauds tu réussissais à bien dormir. Alors, comme ordure, il n'y a pas mieux ! Un tortionnaire !

« Tu as passé ta vie à te battre pour qu'on respecte les droits de l'homme, a repris Tony. Hors de question qu'un salaud pareil meure tranquillement dans son lit. Celui-là il faut qu'il souffre un peu avant de crever ; c'est la moindre des choses pour les centaines de citoyens marocains passés entre ses mains dans le sous-sol de la villa Dar-el-Mokri. Tu sais, sur la route des Zaers à Rabat. »

Il criait, convaincu qu'il avait raison et qu'il fallait absolument passer à l'action.

« Mais il est en train de crever ; c'est trop tard pour intervenir.

— Non, je t'ai tout préparé, planifié, il suffit de me suivre et demain nous serons débarrassés d'un salaud pire que le Pointeur. Le seul problème, c'est qu'il faut qu'on se déplace, il est à l'hôpital militaire de Rabat, le meilleur du royaume. Il est au premier étage, chambre 52, surveillé jour et nuit par deux flics en civil. Mais je sens que les responsables du ministère de l'Intérieur seraient très soulagés qu'il crève rapidement. L'ancien tortionnaire pourrait se décider à parler et déranger beaucoup de gens.

— Comment comptes-tu l'atteindre ?

— J'ai pu avoir la carte d'identité de son fils aîné qui est en ce moment soigné pour une dépression à Beni Makada. Tu lui ressembles étrangement, regarde la photo, on dirait que c'est toi. On va se présenter, tu dis que tu es son fils, tu montres la carte, moi, je suis ton chauffeur. Tu verras, il n'y aura aucun problème, personne ne le connaît à l'hôpital, ni ne sait où il est en ce moment. »

L'idée de tuer un deuxième salaud en l'espace d'un mois ne me déplaisait pas complètement, à vrai dire. C'était assez risqué, car l'endroit était bien gardé. Mais cela valait la peine de tenter un dernier coup avant de me ranger définitivement et jouir de mes nuits, devenues ces temps-ci de plus en plus épaisses, et remplies de rêves et d'histoires. J'étais de nouveau obsédé par la remarque d'Hitchcock sur la difficulté matérielle de tuer quelqu'un à mains nues, sans avoir recours à une arme à feu, éventualité qui était, en ce qui me concernait, hors de question. Je n'étais pas un tueur, mais un « hâteur » de mort.

Durant le voyage, Tony était au volant et j'ai lu le dossier gris. À l'intérieur figurait un cahier où cette ordure notait le nom et l'âge des prisonniers qu'il torturait, sans autre commentaire. Parfois il inscrivait après le nom le genre de torture qu'il préparait. Apparemment c'était un expert, formé probablement en Amérique latine. Ce qui était étrange, c'était son visage, absolument doux et humain, dénué de toute trace de méchanceté ou de cruauté. Il aurait pu être un professeur d'université ou un paisible homme d'affaires. En fait il torturait sans se poser de questions, c'était son travail, il était bien payé pour ça et œuvrait dans la plus grande discrétion et efficacité. Surtout pas de bavure, pas de mort durant l'interrogatoire.

Le soir il devait retrouver sa femme et ses enfants, dîner avec eux, regarder la télé puis leur faire une bise à chacun avant d'aller dormir en toute quiétude. Sa femme ignorait probablement ses attributions exactes au ministère de l'Intérieur. Elle ne manquait de rien, recevait des cadeaux du patron, adorait son mari. La seule chose qu'elle regrettait c'était qu'il n'ait pas le temps de l'accompagner à La Mecque pour le pèlerinage. Il lui disait, « je laisse ça pour la retraite. Là, on a beaucoup de travail, on n'a même pas droit aux congés annuels ». Mais quand le jour de la retraite était enfin venu, on lui avait trouvé un cancer. Cela faisait plus de deux ans qu'il traînait dans les hôpitaux. Lui arrivait-il de penser à ceux qu'il avait fait tant souffrir ? Même pas. Il appartenait à une mécanique huilée où personne ne cherche à comprendre. Un jour un officier lui avait dit : « Tu poses des questions, tu es mort. » C'était écrit sur une page de son dossier.

Tony conduisait prudemment et je lisais sur son visage une certaine impatience d'arriver à Rabat et de commettre enfin ce crime. Quelle pouvait être l'origine de cette soif de vengeance ? Je le lui ai demandé, mais il m'a répondu qu'il faisait ça par pure amitié pour moi. Certes, il me rendait service, mais j'étais convaincu qu'il réglait par la même occasion un vieux compte personnel avec Yazid.

Une fois à Rabat, j'ai décidé de prendre deux chambres au Balima, un hôtel qui avait connu sa grande époque. Aujourd'hui ce n'était plus qu'une vieille dame édentée, fatiguée, mais qui gardait encore quelques traces de la splendeur de sa jeunesse. Nous avons mis la voiture au parking.

J'ai expliqué à Tony qu'il ne fallait pas se précipiter et que nous devions préparer les choses avec minutie. Il a poussé un cri : « Avec Minutie ? Mais qui c'est celle-là encore ? Une de tes copines ? Ah, non ! Il ne faut pas mêler les femmes à notre entreprise, c'est le meilleur moyen de tout faire foirer. »

J'ai feint de lui expliquer le mot, en riant de sa blague un peu grosse qu'il avait dû emprunter à un film célèbre où Fernandel, qui joue au gangster, a une réplique à peu près semblable.

Notre minutie consistait à nous procurer du Tracrium, plus connu sous le nom de curare, un anesthésiant, qu'on mélangerait avec du sufentanil. L'association des deux produits, injectés lentement par voie intraveineuse, provoque la mort immédiate et ne laisse aucune trace, à moins de pratiquer une autopsie. Mais on n'autopsie pas les mauvais souvenirs des années de plomb, on les fait disparaître au plus tôt, même dans cet hôpital bien gardé. Human Rights Watch venait d'ailleurs de le citer dans un rapport, et s'apprêtait à venir très prochainement enquêter sur les tortionnaires des années quatre-vingt.

Tony n'était pas seulement concierge de la clinique, il avait acquis peu à peu des compétences d'aide-soignant et d'infirmier et avait maintenant de sérieuses connaissances en médecine. Il a proposé de s'occuper des produits parce qu'il avait les bons contacts, mais a refusé de me révéler leur nom. Je l'ai laissé agir et ai décidé en l'attendant de faire une petite sieste dans la chambre de l'hôtel.

L'idée de débarrasser la terre d'un tortionnaire, aux apparences de brave homme, de bon musulman, de bon père et de bon mari, me réjouissait et j'ai plongé sans difficulté dans une agréable somnolence. J'avais l'impression de dormir d'un seul œil, goûtant le plaisir de partir sans vraiment partir. Une sorte de petit vertige qui me donnait la sensation d'être léger comme si j'étais suspendu en l'air et souriais à la vie.

Le soir, Tony est revenu triomphant, le poing levé comme s'il venait de gagner le championnat du monde du vol à la tire. Nous avions le cocktail létal, il fallait à présent que nous préparions l'opération elle-même.

Pour pénétrer dans l'hôpital, nous avions la carte d'identité du fils de Yazid. Pour circuler incognito dans les couloirs, Tony avait trouvé des blouses de l'hôpital militaire avec des badges sans photo, juste le nom du docteur, qui nous permettraient de passer sans problème d'un service à l'autre. On opérerait tard le soir, au moment où les médecins faisaient rapidement leur dernière visite.

Je regardais les deux boîtes de médicaments, plutôt de poison, avec leur seringue en songeant à la superbe nuit que je passerais après, quand Tony s'est confié à moi :

« Ce salaud m'a torturé. Je me souviens, il arrivait le matin, nous disait bonjour et nous demandait si nous avions passé une bonne nuit. Il enlevait sa veste, retroussait ses manches et consultait un dossier. Ensuite, il donnait des ordres à d'autres types qui travaillaient pour lui, se tournait vers l'un de nous et disait avec une voix calme et même mielleuse : "Bon, il faut que je bosse, pas la peine de résister, mon travail est de vous faire parler et même si vous avouez, je ferai mal. C'est mon métier, je l'ai appris comme d'autres apprennent la menuiserie ou la plomberie. N'y voyez aucune méchanceté de ma part, vous auriez pu être mes enfants, sauf que moi j'ai bien éduqué les miens, pas comme vos parents qui vous ont laissés trahir votre patrie et notre roi. Que Dieu le garde et lui donne longue vie…" »

J'ai été bouleversé. Mais j'ai essayé d'expliquer à Tony qu'il ne fallait pas confondre nos deux motivations. Moi, je ne me vengeais pas, je donnais un coup de main. Lui, était animé par une volonté féroce et toute personnelle de le massacrer.

Nous étions donc concurrents. Une mort donnée par procuration ne me serait d'aucun bénéfice et Tony risquait de se montrer imprévisible. Il fallait absolument que je l'empêche de passer à l'acte avant moi. Je l'ai convaincu de rester derrière moi pendant que j'administrerais la piqûre fatale. Il donnerait le dernier coup au piston, ce serait sa participation au meurtre du tortionnaire. Dans la salle de bains de ma chambre, je me suis chargé de mélanger moi-même les deux produits. La présence de Tony aurait pu me perturber et me faire commettre une erreur.

Nous étions prêts maintenant. Nous avons attendu le coucher du soleil pour nous introduire dans l'hôpital par la porte des cuisines encore toute grande ouverte pour sortir les poubelles. Pas besoin ainsi de montrer la carte d'identité. Tony, pour faire sérieux, portait des lunettes de vue qui lui donnaient l'allure d'un vieux professeur. Il me suivait, j'entendais son souffle court, je ne me retournais pas pour ne pas pouffer de rire, il avait l'air ridicule et en même temps très grave.

Il faut nous imaginer : deux apprentis sorciers — l'un guidé par la vengeance, l'autre par sa lutte contre l'insomnie — avançant dans les couloirs silencieux d'un hôpital militaire réputé sans trembler ni hésiter, finissant par pousser la porte de la chambre 52 après avoir souhaité le bonsoir aux gardiens qui faisaient la ronde dans le couloir. Nous étions risibles et personne n'était là pour le voir.

La chambre était vide. Des draps froissés sur le lit. L'un des deux flics m'a appris que le patient avait été transféré en réanimation. C'était notre chance. Nous allions le réanimer pour mieux le tuer. J'ai demandé à Tony de me suivre mais il est passé devant, car il avait repéré les lieux. Ce n'était pas le même service, et il ne fallait pas se perdre.

Déterminés, nous nous sommes enfin introduits dans la salle. Il dormait profondément. Il n'y avait personne, il fallait faire vite. Penché sur le lit, Tony cherchait une veine pour que j'introduise la seringue. Il n'a pas pu s'empêcher de lui coller au passage un coup de poing dans le ventre. Ridicule. « Pousse-toi un peu, lui ai-je dit, sinon c'est toi que je vais piquer. » Il est parti en maugréant faire le guet à la porte. Le tout a dû durer trois à quatre minutes. En quittant la salle, j'ai remarqué qu'il respirait encore. Je suis revenu, j'ai appuyé de toutes mes forces sur sa poitrine, sa respiration est devenue rapide, puis très courte. Il a rendu l'âme, car il devait en avoir une lui aussi, à vingt heures quatre minutes précises. Tony s'est précipité sur lui pour lui donner un nouveau coup de poing dans l'estomac. Frapper un mort ! C'était stupide et inutile. C'était plus fort que lui, m'a-t-il dit. Il se sentait enfin mieux. On est sortis sans courir, une voiture avec une plaque d'immatriculation verte de l'armée devait nous attendre.

Dans les couloirs, il plaisantait et faisait mine d'attraper quelque chose en l'air, une mouche peut-être ou un papillon.

« Que fabriques-tu ?

— J'essaie de capter son âme et l'écrabouiller.

— À supposer qu'il en ait bien une, c'est immatériel, insaisissable. Si tu crois en Dieu, disons qu'elle est partie chez le Créateur.

— Tu veux dire en enfer ?

— Je n'en sais rien. Enfer et paradis sont des concepts qui me dépassent. Je sais que l'enfer existe là, en ce bas monde. Quant au paradis, c'est un film en Eastmancolor avec Ava Gardner dans le rôle principal aux côtés de Richard Burton ou d'Humphrey Bogart. »

La voiture était bien sur le parking de l'hôpital. Nous avons passé le dernier contrôle sans encombre. Plus de temps à perdre, il fallait prendre la route pour Tanger au plus vite. Notre crime avait été commis avec précision et efficacité. Tony était content de lui et moi je me demandais si cette mort non prévue à mon programme me rapporterait beaucoup de nouveaux points crédits sommeil. Avant de m'endormir, j'éprouverais sûrement un sentiment de contentement, celui du travail bien fait et à bon escient. On avait débarrassé le pays d'un salaud de plus. Mais il y en avait sûrement encore quelques milliers d'autres comme lui, tapis derrière leur bureau, et encore sûrement pas mal de par le monde dans ces caves où on torturait encore en toute impunité. Nous n'avions pas éradiqué le système de la torture, juste hâté la mort d'un tortionnaire parmi tant d'autres.

En arrivant à Tanger, Tony m'a demandé en se réveillant de lui prêter *La comtesse aux pieds nus*, pour revoir ce bout de paradis dont je lui avais parlé en fuyant l'hôpital. Il en rêvassait à voix haute :

« Bogart en gabardine sous la pluie, dans le cimetière où l'on vient d'enterrer la comtesse. Il raconte son histoire…

— Oui, oui, mais je ne l'ai plus, je crois. On passera chez Karim qui nous le trouvera sûrement. »

Songeur à mon tour, je lui ai confié :

« J'aimerais tellement dormir dans les bras de la plus belle femme du monde, juste dormir. Elle a quand même été mariée à Frank Sinatra, ce nabot !

— T'exagères, c'est quand même la plus belle voix masculine de la chanson américaine des années cinquante-soixante. Et puis, ce nabot comme tu dis avait aussi pas mal de liens avec la Mafia. Et, à la différence de toi, il n'avait aucun problème de sommeil…

— Parce que la Mafia peut vous garantir un bon sommeil ?

— Elle est capable de tout. En tout cas, elle pourrait sacrément nous aider dans nos petits crimes sans risques… »

Il m'a demandé de lui gratter le dos.

« C'est pour vérifier si tu m'aimes bien », m'a-t-il dit.

Chapitre 11

L'idée de me débarrasser de Tony a germé en moi le jour où je l'ai surpris en train de se vanter devant des amis de passage des mystérieux exploits extraordinaires qu'il avait commis il y a peu. J'étais persuadé que, tôt ou tard, il parlerait. Mais après toute l'aide qu'il m'avait apportée, je ne pouvais quand même pas l'assassiner. Il était bien trop jeune et sa disparition pouvait attirer l'attention de la police.

Il fallait que je le coupe de moi et de mon entourage, et que je lui fasse bien comprendre que son silence était vital pour nous deux. J'ai alors pensé à l'Australie. Chaque fois que je me trouve dans une situation inextricable, j'invoque ce pays que je ne connais pas mais qui représente pour moi le bout du monde. Ne faut-il pas près de vingt-quatre heures pour y arriver ?

Tony vivait seul. Il avait une fille, qui l'avait quitté à dix-neuf ans pour suivre un homme d'affaires âgé mais très riche. Depuis son départ, le rêve de Tony était d'émigrer dans un pays très éloigné et très différent du Maroc, où il n'y aurait surtout ni Marocains, ni Gitans. L'Australie était donc tout indiquée. Encore fallait-il lui trouver du travail et un visa.

L'ancien antiquaire Johnson, installé à Tanger par amour pour un beau jeune homme qui lui avait fait croire qu'il l'aimait aussi et qu'il était prêt à vivre avec lui (alors qu'il était marié et avait deux enfants), était originaire de Sydney. Il m'a aidé à obtenir un visa pour Tony. Quant au travail, il l'a recommandé à un de ses amis qui, pour un si beau mec, ferait l'impossible ! Il me le jurait. Je n'ai rien dit à Tony à ce propos.

Ainsi, Tony est parti un matin pour Sydney, via Madrid et Dubai. L'affaire a failli me ruiner, mais c'était le prix à payer pour avoir définitivement la paix. Au moment de s'envoler, Tony m'a serré dans ses bras et m'a murmuré dans l'oreille : « Si tu as une bonne idée, je ferai le voyage ! »

Sur la route du retour de l'aéroport, j'ai entendu une voix qui me disait : « Ce n'est pas parce qu'il est loin qu'il gardera le silence... Le risque qu'il déballe tout dans un commissariat est loin d'être négligeable. Sache qu'il risque d'être à l'origine de quelques-unes de tes insomnies futures ! »

Quelques jours plus tard j'ai trouvé un message sur le répondeur de mon téléphone fixe. C'était Tony, il avait pas mal gambergé pendant les vingt-quatre heures de vol : « Tu sais, la sorcière, celle qui travaille pour ta femme contre toi et dont la seule passion est de séparer les couples. Tu sais, cette vieille fille qui se fait passer pour un gourou et qui a séjourné en Inde auprès d'un grand charlatan, j'ai un plan pour l'éliminer en douceur. Je ne peux pas t'en dire plus, mais quand on se verra je te le soumettrai, il est super parfait. Je suis certain que sa disparition te procurera des centaines de nuits d'excellent sommeil, car elle est si mauvaise, si laide, si haineuse que sa mort ne dérangera personne… »

Tony était devenu un problème. Il était clair qu'il savait tout de mon système de crédits sommeil. Il allait falloir le faire taire, lui couper la langue, le bourrer de somnifères et l'endormir à jamais.

Chapitre 12

L'idée d'en finir avec la sorcière a néanmoins fait son chemin dans mon esprit dans les semaines et mois qui ont suivi. Depuis la mort de Yazid qui m'avait beaucoup rapporté, j'hésitais à commettre de nouveaux crimes pour alimenter mes nuits. Mais je ne voulais surtout rien savoir du plan de Tony. Il devait être foireux, de toute façon. Il n'avait jamais été ni très précis, ni vraiment fiable.

De ma terrasse, je me suis mis à observer les allées et venues de la sorcière qui se trouvait habiter mon quartier. J'utilisais des jumelles pour la regarder vivre. De mon poste d'observation, elle ne pouvait pas me voir. L'été était particulièrement chaud et mon jardinier est arrivé un matin tout tremblant avec au bout d'une canne un serpent d'au moins un mètre. Il m'a dit que c'était une vipère très dangereuse. Il voulait aller acheter du goudron et de la mort-aux-rats pour tuer tous les serpents du jardin. Je l'ai remercié et lui ai demandé de me montrer où se trouvait leur nid.

Pendant qu'il partait se procurer le matériel, j'en ai profité pour essayer de m'emparer de quelques spécimens. Je me suis muni d'un sac de jute et de gants assez épais et j'ai attendu. Au bout d'une demi-heure, deux grosses vipères sont sorties prendre tranquillement le soleil. Il fallait les capturer vivantes et la tête pleine de venin. Non sans mal, j'ai réussi à en attraper une et à l'enfermer dans le sac. Elle s'agitait avec une force impressionnante. J'ai renoncé à prendre l'autre.

Mon idée était simple, profiter de l'absence de la sorcière, m'introduire chez elle par son jardin et déposer la bête tueuse dans sa chambre sous une couverture ou sous un drap, comme je l'avais vu faire dans tant de films. Personne ne devait me pincer et je ne devais laisser aucune trace ou indice derrière moi. La vipère s'agitait de plus en plus dans le sac fermé. Elle devait avoir faim. Tant mieux.

Le soir même, la sorcière était invitée au mariage de sa meilleure amie. Son gardien, qui était aussi son chauffeur, me l'avait dit. Au moment où la voiture a quitté la villa, j'ai enjambé la petite haie séparant nos deux maisons et très vite me suis retrouvé dans la chambre principale. J'ai fermé les fenêtres et les portes et lâché la bête affamée dans la salle de bains. Il ne me restait plus qu'à patienter à ma fenêtre, les jumelles à la main. Pour une fois j'étais content de ne pas dormir. Je surveillais son retour, espérant le crime parfait.

Vers quatre heures du matin, j'ai entendu un hurlement qui a dû réveiller tout le quartier.

Tout à ma joie, j'ai à mon tour poussé un cri, mais de satisfaction. Hélas, après avoir eu très peur, la sorcière avait réussi à tuer la vipère. Le gardien remerciait Dieu d'avoir sauvé sa maîtresse, disant qu'il allait organiser une soirée de lecture du Coran pour éloigner le danger de la maison. Les jours qui ont suivi, j'ai appris par le bouche-à-oreille que ce n'était pas la première fois que des serpents s'aventuraient chez elle. Bon point pour moi. Encore une fois aucun soupçon ne me visait. La grosse frayeur et le hurlement de la sorcière auraient pu me donner quand même une semaine de crédits sommeil. Et si la vipère avait été plus rapide, j'aurais pu bénéficier d'au moins un bon trimestre de crédits. Difficile de se débarrasser d'une sorcière en connexion avec tant de charlatans et de disciples. À elle seule, elle avait la puissance d'une secte. Elle vivait d'ailleurs fort confortablement des généreux dons des femmes qui se mettaient sous son joug, la mienne y compris.

Devant cet échec, j'ai décidé de ne pas abandonner le projet, mais de changer de méthode. Un système de harcèlement gradué, émanant de plusieurs sources simultanées et toujours anonymes, devait dans un premier temps lui gâcher la vie avant que je ne passe à la deuxième phase de mon plan. Pour la première étape je me suis rapproché de mon ex-femme, qui s'était récemment fâchée avec elle pour une broutille et nourrissait à son égard une forte rancune, temporaire, à n'en point douter.

Je ne lui ai évidemment pas dit le fond de ma pensée, mais j'ai cherché à la faire parler des secrets de la sorcière, de ces choses obscures qu'elle dissimulait. J'ai ainsi appris qu'à vingt ans, elle avait fait de la prison en Espagne durant trois mois pour trafic de drogue. Des interventions de partout avaient réussi à la faire libérer, mais elle cachait cet épisode pas très reluisant de sa vie. Elle était partie pour suivre un Gitan qui l'avait séduite puis abandonnée dans un petit village d'Andalousie. Il avait voulu la prostituer, sans succès, et l'avait laissée tomber.

Avec toutes les informations que j'ai pu recueillir, j'ai commencé à constituer un dossier pour des lettres anonymes qui devraient partir ensuite tantôt de Séville, tantôt de Grenade ou de Malaga. Mon but : la harceler au point de provoquer une crise cardiaque, car j'avais entre autres appris par mon ex-femme qu'elle avait de sérieux problèmes de cœur.

Pour la deuxième partie de mon plan, j'ai fait appel à Columbo, un inspecteur de police de Tanger qui venait me voir de temps en temps afin de me faire lire les romans qu'il écrivait. Il comptait beaucoup sur moi pour lui corriger ses textes et trouver un jour un éditeur en France ou en Espagne. Ses manuscrits étaient pas mal mais jamais publiables en l'état. Chaque fois, je lui donnais des conseils et réécrivais même certaines pages. J'étais certain qu'il avait entendu parler de l'incarcération de la sorcière. Lorsqu'il m'a passé un coup de fil pour m'annoncer sa venue, je lui ai demandé pour la première fois un service, en lui présentant la chose de manière que son intérêt soit piqué au vif :

« Vous savez, dans vos romans, si vous voulez que le lecteur accroche, il faut lui donner des biscuits, je veux dire des choses très concrètes qui alimenteront sa curiosité.

— Comment ça ?

— C'est simple, vous vous souvenez de la jeune femme marocaine qui a suivi un Gitan et qui a été arrêtée par la police espagnole…

— Non seulement je m'en souviens, mais c'est moi qui étais en contact avec le collègue espagnol. Pourquoi vous m'en parlez ?

— On va s'inspirer de son dossier pour écrire le roman.

— Wouah ! C'est très bon ça. Je vais faire en sorte de récupérer son dossier auprès de mes collègues et on puisera dedans. Au fait, comment s'appelait-elle ?

— Aucune idée. »

Je connaissais parfaitement son nom et il ne m'aurait pas été très difficile de trouver sa date de naissance, mais je ne voulais pas trop m'impliquer afin de ne pas éveiller plus tard les soupçons.

Avoir entraîné dans mon plan l'inspecteur-romancier a eu un excellent effet sur mes nuits. Je dormais en pensant à tout ce que j'allais inventer pour abattre la sorcière sans que ma présence ou mon nom ne soient soupçonnés.

Très vite Columbo m'a donné des informations. Le Gitan était mort dans une rixe. Dans le dossier il y avait le témoignage d'un jeune Marocain qui prétendait qu'elle avait empoisonné sa mère. Aucune autopsie n'avait été faite à l'époque parce qu'un de ses amants, très fortuné, avait arrosé tous ceux qui la soupçonnaient. Puis cet amant a été ruiné du jour au lendemain, inexplicablement. Elle l'avait convaincu de mettre à son nom tous ses biens. Une fois que ce fut fait, elle l'avait jeté à la rue sans le moindre ménagement. Columbo s'était passionné pour cette histoire assez rocambolesque. Pour les besoins de son manuscrit, je lui ai conseillé de prendre contact avec l'amant ruiné, de devenir son ami et d'obtenir le plus de renseignements possible sur son ancienne maîtresse. Ça lui permettrait d'étudier à fond ses personnages. Je comptais sur ces informations pour donner plus de force à mes lettres anonymes.

L'amant ruiné, appelons-le M. Waloo, était devenu alcoolique et traînait dans les bars. Columbo n'eut aucun mal à le retrouver et devenir un de ses familiers. Le pauvre homme n'avait plus rien à perdre. La sorcière l'avait laissé sur la paille. Il était prêt à tout et l'évocation de ses souvenirs réveillait en lui un grand désir de vengeance. Cela n'arrangeait pas mon stratagème. Il fallait que, d'une façon ou d'une autre, je participe au crime. J'ai demandé à Columbo de maintenir le contact avec M. Waloo, pour qu'il ne me devance pas, et de me tenir au courant. Dans le même temps, je l'ai encouragé à écrire tout ce qu'il savait de l'histoire. Il m'a apporté plusieurs pages d'un début assez confus. Je ne l'ai pas critiqué, je lui ai juste dit qu'on retravaillerait tout cela une fois l'affaire finie.

Comment abattre la sorcière ? Comment l'atteindre, comment être sûr de viser juste ? Depuis l'épisode de la vipère dans la salle de bains, elle était devenue très méfiante. Je lui ai envoyé des fleurs et une plaquette de poison pour tuer les serpents. Elle m'a remercié, en s'étonnant que je m'intéresse à ses problèmes. Je lui ai répondu que c'était la moindre des choses, entre voisins civilisés.

La chance ou le hasard prennent parfois des chemins insoupçonnés. Au moment où je m'apprêtais à envoyer mes premières lettres anonymes, un mari, séparé de sa femme par les manigances de la sorcière, s'est présenté à la villa et lui a assené plusieurs coups de couteau. J'ai entendu des hurlements, je me suis précipité chez elle, le gardien m'a dit qu'il fallait appeler une ambulance d'urgence et m'a laissé entrer. Le meurtrier était assis par terre, son couteau à côté de lui, abasourdi, la sorcière respirait encore, elle gémissait. Je n'ai pas hésité longtemps et j'ai décidé de profiter de cette occasion superbe et inespérée. J'en avais grandement besoin, je ne dormais presque plus depuis des jours. Je me suis approché de la femme qui perdait beaucoup de sang et, sous couvert d'arrêter l'hémorragie, j'ai appuyé au contraire de toutes mes forces sur une de ses blessures, ce qui lui a fait très mal. Les yeux révulsés, le corps vidé, elle a rendu l'âme avant l'arrivée des secours. J'ai pris une mine contrite et j'ai prié Dieu de la recevoir en sa grande miséricorde.

Curieusement, peu de gens ont assisté à ses funérailles. Nous avons, M. Waloo, le concierge et moi, organisé son enterrement. Le soir, l'amant ruiné s'est offert une cuite mémorable. Je n'allais tout de même pas l'empêcher de boire le jour où justice lui était rendue.

Je n'ai plus eu de ses nouvelles. Peut-être qu'il a quitté la ville, et même le pays.

Quelques jours plus tard, Columbo a sonné chez moi, un paquet de feuilles sous le bras.

« Voilà, j'ai trouvé le titre : *La sorcière aux pieds nus.* »

Je lui ai répondu, sachant qu'il ne ferait pas le lien : « Ce n'est quand même pas une comtesse ! »

Il m'a regardé, posant la main sur son front, puis m'a dit : « Tu as déjà vu une pauvre fille du bled accéder au rang de comtesse ? C'est une sorcière bas de gamme ! »

Chapitre 13

La semaine suivante, le vendredi matin, je me suis de nouveau rendu sur la tombe de ma mère. Je me suis recueilli longuement après avoir distribué l'aumône à une trentaine de mendiants de toutes origines. Des Africains échoués dans cette ville après avoir tenté de traverser le détroit de Gibraltar pour rejoindre l'Europe, des Syriens fuyant la guerre, et aussi quelques Marocains qui prétendent bien lire le Coran.

J'ai encore une fois remercié ma mère, car, sans le geste que j'avais eu pour soulager ses souffrances, je n'aurais jamais découvert le moyen de retrouver le sommeil. Comme tant de fois, c'était elle qui était venue à mon secours et m'avait montré le meilleur moyen de chasser définitivement ou presque l'insomnie de ma vie.

Je suis reparti du cimetière, allégé et content. Sur le chemin, j'ai continué à donner des pièces aux nécessiteux. J'ai appelé les services municipaux pour déplorer l'état scandaleux du cimetière. On m'a assuré qu'un projet de rénovation était en cours. Je me suis installé au Café de Paris, ai commandé une orange pressée et me suis mis à observer les gens. J'adore regarder passer des hommes et des femmes dont j'ignore tout.

Mon vieil ami Gabriel, à qui j'avais proposé de me rejoindre, est arrivé essoufflé et de mauvaise humeur. Il pestait contre un voisin qui avait fêté sa nuit de noces avec beaucoup de tapage. Puis il s'est mis à me parler de sa mort. Il m'a dit qu'il voulait être incinéré à Ceuta et que ses cendres soient jetées au large de l'hôtel Le Mirage.

Pendant que j'imaginais la vie sans Gabriel, et mesurais l'immense chagrin que cela m'occasionnerait, un vieil Anglais ou Américain est venu s'installer à la table à côté de la nôtre. Il lisait un journal, probablement daté de l'année précédente, car il y avait en une la photo d'Obama qui recevait un chef d'État étranger. Il respirait mal. Je me suis tourné vers lui et lui ai demandé dans un anglais pathétique :

« *Can I help you ?* »

Il m'a répondu dans un bon français :

« Vous trouvez normal qu'Obama soit élu pour un troisième mandat ? »

Sans attendre ma réponse, il a enchaîné :

« Je suis fatigué, je suis las, j'en ai marre. J'approche des quatre-vingt-dix ans, tous mes amis sont morts, je n'ai plus de famille, je me suis retrouvé à Tanger où on m'avait dit que les garçons étaient beaux, ils m'ont tous dépouillé et m'ont abandonné. J'aimerais bien rencontrer quelqu'un qui m'aide à m'en aller, un médecin compréhensif ou même une infirmière sympathique avec une poitrine généreuse. »

Gabriel est intervenu en demandant à l'Anglais s'il se souvenait qu'ils s'étaient rencontrés à Paris au Palace, chez Fabrice.

« Fabrice ? Ah, je ne connais personne de ce nom, mais vous, vous me rappelez quelqu'un de très savant et très bavard… »

Tout à mes affaires, j'ai interrompu cette conversation qui, si elle se prolongeait, risquait de me faire perdre un client facile.

« Si vous voulez, je peux vous aider.

— Vous feriez ça ? Vous me trouveriez une infirmière avec une poitrine généreuse ?

— Je m'en occupe, laissez-moi juste un peu de temps. »

J'ai donné un coup dans le tibia de Gabriel. Mais il continuait à lui parler, lui montrait la nouvelle veste qu'il venait de se faire faire chez le tailleur Achraf et lui proposait de l'emmener chez le cordonnier qui fabrique des mocassins de toutes les couleurs.

Plus il parlait, plus mon plan risquait de tomber à l'eau. Il fallait vite mettre fin à cette situation. Je me suis redressé et j'ai tendu le bras au vieil homme en lui disant : « J'ai ma voiture, je vous raccompagne chez vous. » Il était content, s'est levé, a salué mon ami qui était déjà en train de réciter La Fontaine au garçon de café qui riait aux éclats.

En route, je n'ai pu m'empêcher de refaire le calcul du nombre des nuits pleines et paisibles qui m'attendaient. C'est heureux et comblé, que j'allais rendre un dernier service à ce vieux monsieur charmant et si fatigué de vivre. Il habitait une petite maison à la Vieille-Montagne. À peine arrivé, il a voulu me montrer l'état des salles d'eau qu'il désignait avec sa canne. Les hommes qui l'avaient volé lui avaient tout pris et démonté jusqu'aux robinets et la tuyauterie. Il n'avait plus de meubles non plus. Même le lit n'était pas en bon état. Il m'a dit : « C'est ma tombe, vous voyez comme il se creuse. Je n'ai plus envie de vivre. Pourtant, quand je suis arrivé à Tanger à l'invitation de Paul Bowles à l'époque internationale de la ville, j'étais riche, plein d'énergie et de projets. Je me suis laissé séduire, puis me suis installé, d'abord dans un appartement du boulevard Pasteur, ensuite dans une superbe maison à la Montagne. J'ai claqué ma fortune dans des fêtes, j'entretenais des familles entières pour faire plaisir aux garçons qui couchaient avec moi. Ils n'étaient pas vraiment homosexuels. L'après-midi ils étaient avec moi, le soir ils allaient dépenser mon argent avec des putes dans des bars. Certains se mariaient et faisaient des enfants. Je n'étais pas regardant. Chacun est libre de faire ce qu'il veut de sa vie.

Avec l'âge et la baisse de mes moyens, j'en ai été réduit à abandonner ma grande maison, et puis les garçons ne sont plus venus dès qu'ils ont su que j'avais bien moins d'argent. Depuis la mort de Paul, je pense tous les jours à m'en aller, mais comment ? Qui pourrait m'aider à m'endormir définitivement sans douleur, sans violence ? »

Il s'est arrêté, m'a fixé des yeux et m'a dit :

« Vous, vous le pourriez ?

— Vous êtes sûr de vous ?

— Que feriez-vous à ma place ?

— Je ne sais pas.

— Alors, trouvez-moi cette pilule qui endort lentement… Je vous lègue tout ce que j'ai, pas grand-chose, mais j'ai mis de côté quelques dollars à la zone franche. Puisque vous avez une voiture, nous pouvons aller retirer cet argent, ce sera votre salaire pour m'avoir aidé à partir. »

Le soir, il a rédigé de nouveau son testament et m'a remis une enveloppe où il devait y avoir quelque chose comme cinq mille dollars. J'étais devenu son légataire universel et devais aussi m'occuper de son enterrement. Il avait acheté à l'époque de sa splendeur une tombe en haut du cimetière chrétien, voisine du tombeau d'Adolfo de Vélasquez.

Je n'avais pas de pilule, mais lui avait une boîte de somnifères. Avant de s'endormir, il m'a pris la main, l'a serrée de toutes ses forces et m'a dit « merci ! ». Je l'ai veillé jusqu'au matin. Il ne s'est pas réveillé. J'étais triste et soulagé. J'avais aidé un brave homme à mourir dans la dignité et la discrétion. Les formalités m'ont pris toute la journée. J'ai dû filer quelques billets pour avoir les papiers et le permis d'inhumer. La nuit suivante, j'ai dormi profondément.

Chapitre 14

Ma chambre à coucher était devenue un petit paradis. Tout était en ordre. Les draps étaient changés tous les deux jours. L'oreiller était impeccable. Les murs étaient blancs. J'avais retiré les portraits d'Ava Gardner ainsi que ceux de Gene Tierney. Cette actrice me rappelait Oriane, une jeune femme d'une beauté éblouissante rencontrée lors d'un dîner. L'air était purifié plusieurs fois par jour. Je m'étais débarrassé de tous les objets électroniques, téléphone portable, ordinateur, télévision, transistor, etc. J'avais mis à la poubelle les boîtes de somnifères ou de calmants. J'avais juste gardé auprès de moi l'appareil pour mesurer la tension artérielle, un thermomètre, une boîte de paracétamol, des boules Quies, un verre et une bouteille d'eau, un roman de Robbe-Grillet au cas où le sommeil tarderait à venir, une boîte de mouchoirs en papier et un petit cahier où je notais des idées qui me venaient la nuit.

Ce matin, comme un homme neuf, je me suis amusé à calculer les nuits de bon sommeil que j'avais gagnées à la sueur de mes stratagèmes. Grâce à ma mère : 12 mois d'excellent sommeil. Au regard de l'amour que je lui portais, j'aurais mérité au moins le double. Mais elle n'aimait pas qu'on insiste afin d'obtenir plus. J'avais quand même bénéficié de 365 nuits d'un sommeil certifié de bonne qualité. Comme un vieil épicier berbère je me suis mis à faire des additions en me disant qu'il valait mieux additionner que soustraire. J'ai fait un petit calcul approximatif des nuits que j'avais gagnées, en tenant compte de l'importance de mes victimes :

Ma demi-sœur — 4 mois. On se voyait rarement, notre lien n'était pas aussi fort qu'on pouvait l'imaginer.

Le Marquis — 3 bons mois.

Le Pointeur — au moins une année. Mais je ne suis sûr de rien. Si la mort n'en veut pas et le renvoie à cause des mauvaises odeurs qu'il dégage, tout devra être reconsidéré.

Les deux frères Alzheimer — 11 mois.

Yazid le tortionnaire — autant que le voyou, une année.

La sorcière — une année pleine.

Le vieil Anglais — 6 mois.

Total : 72 mois de sommeil garanti.

Cela me faisait en tout six ans de tranquillité. Ce petit calcul a fait monter en moi un sentiment de fierté et de satisfaction. C'était la première fois que je remportais une victoire sur les incohérences et les brutalités de la vie. J'ai eu envie de partager cette joie avec mes amis, mais, vu les chemins qu'il faudrait emprunter pour y parvenir, c'était évidemment impossible.

Une voix intérieure m'a dit : « Oublie la morale, ne regarde pas trop ce que tu fais, fais-le et poursuis ton chemin. Pense à toi, sois un peu égoïste. » C'est ainsi que j'ai organisé une grande fête chez moi pour tous mes amis. Ils sont tous venus et, quand on m'a demandé ce que je célébrais ce soir, j'ai répondu : « La légèreté ! L'insondable légèreté de notre existence ! »

II

Chapitre 15

Soixante-douze mois de sommeil garanti, six années de tranquillité, c'était énorme et en même temps assez peu. J'étais en train de refaire mes petits calculs quand mon téléphone a sonné :

« C'est Tony, je suis de retour à Tanger et j'ai plein de projets pour notre entreprise ! Tu peux venir me chercher, je suis à l'aéroport.

— Notre entreprise !? »

Cela faisait plus d'un an qu'il était parti. Je pensais avoir tout fait pour qu'il ne remette plus les pieds au Maroc. Je n'étais pas content. Sur la route de l'aéroport, je ne cessais de réfléchir à un moyen de le faire taire définitivement. Imprévisible et retors, Tony était un vrai danger pour ce qu'il appelait « notre entreprise » et il pouvait à tout moment me faire tomber. Mais j'étais bien embarrassé. Il ne correspondait pas du tout au genre de personnes dont je hâtais la mort et m'était même à bien des égards sympathique.

Il m'a serré dans ses bras, il sentait un parfum de femme, et m'a informé tout de suite qu'il allait se marier avec Katy, une Marocaine rencontrée en Australie. Son vrai prénom était en fait Khadija. Les choses se compliquaient.

J'ai vu arriver derrière lui un petit bout de femme, très brune, des yeux profonds et le regard assez vague. Un peu plus âgée que lui, Katy travaillait chez des Français installés à Sydney. Lorsqu'elle m'a serré la main, j'ai senti passer une sorte d'électricité qui m'a fait sursauter. Elle souriait et là j'ai vu son vrai visage, une sorcière. Je me suis dit que mon impression était certainement dictée par la surprise et les tracas que Tony risquait de me créer.

J'ai pris à part Tony et lui ai demandé pour quelles raisons il était revenu. Sa réponse m'a encore plus inquiété :

« Parce que j'ai plein de plans à te proposer, moi aussi je fais d'horribles insomnies.

— Mais ce qui marche pour moi ne marchera pas forcément pour quelqu'un d'autre…

— Oui, mais tu me manquais, nos aventures étaient si excitantes, si stupéfiantes… Et puis Katy est une recrue de grande importance.

— Tu lui as parlé de…

— Bien sûr que non, je ne suis pas stupide. Faire confiance à une femme ? Jamais. Tu sais ce que dit le Coran des femmes : “Leur capacité de nuisance est immense.” Je n'ai pas encore perdu la tête, mais Katy pourrait nous être utile. Ne t'en fais pas. »

J'étais à moitié rassuré. Dans la voiture, il m'a

demandé si j'avais des commandes de scénarios en ce moment. J'étais à vrai dire débordé.

« C'est quoi le sujet ?

— Une histoire de tueur en série assez spécial. Tous les vendredis soir, il a un grand besoin de tuer, sinon… »

Il m'interrompit : « … sinon, il ne dort pas. »

Le lendemain il est venu me voir et a posé sur la table une liasse de dollars. Il m'a appris qu'il avait gagné assez d'argent pour ne pas reprendre son travail à la clinique et m'a proposé de se mettre gracieusement à mon service. Il m'a expliqué qu'il avait une dette à mon égard et qu'il tenait absolument à la payer. Je lui ai répondu que mon travail de scénariste m'assurait une vie confortable, que mes besoins étaient modestes, et qu'il valait mieux qu'il reprenne ses dollars. Il a refusé, affirmé que c'était pour financer nos prochaines aventures. Apparemment, il ne comprenait toujours pas et faisait un contresens évident. J'ai eu beau lui dire et lui répéter que je n'étais pas un tueur, un assassin, un pervers, que jamais je n'irais tuer des innocents, que ce que je faisais c'était hâter la mort des mourants et pas arracher la vie à des gens en pleine fleur de l'âge, Tony était têtu.

Après un moment, il s'est penché vers moi et m'a murmuré à l'oreille : « Je ne bande plus, je suis devenu impuissant, ni le Viagra ni d'autres pilules n'ont réussi à réveiller mon vieil ami. Il faut que je simule un meurtre pour bander enfin ; Katy joue le jeu, elle me laisse faire semblant de l'étrangler pendant que ses mains me branlent et ça marche une fois sur deux. J'ai compris que si je tuais vraiment, je serais sauvé, un peu comme toi pour l'insomnie… »

J'étais hors de moi. Comment pouvait-il en parler si ouvertement ? Tony pensait donc que tuer résoudrait son problème, alors qu'il devait d'urgence s'adresser à un médecin, un analyste, un sexologue. Il était devenu fou, obsédé par son impuissance. J'ai essayé de lui faire entendre raison.

Quelques jours plus tard, il est revenu me voir, furieux : simuler un meurtre sur Katy ne donnait plus de résultat. Elle avait beau le branler et lui, feindre de l'étrangler, il ne bandait plus. Il avait élaboré un autre plan pour lequel il avait besoin de mon aide :

« Il ne s'agit pas de tuer, mais juste d'instaurer un peu de violence dans la relation pour me sentir en danger, par exemple faire l'amour dans une mosquée ou dans le hall d'un immeuble très fréquenté. »

Je ne pouvais pas souscrire à son projet de viol, car c'est ce qu'il visait. Il m'a répondu qu'il pouvait payer des filles et que tout serait minutieusement préparé.

À la limite, je préférais l'encourager à tenter le coup dans une mosquée. Le risque était énorme. Au mieux la prison, au pire un lynchage. Mais je l'aimais bien et je devais trouver autre chose pour m'en débarrasser. Puisqu'il avait les moyens, je lui ai proposé de faire un tour pour lui à la médina chez Azizo, piètre coiffeur mais bon proxénète toutes catégories.

Azizo était un homme simple. Sa sexualité était indéfinie. Peut-être homosexuel. Mou, assez enveloppé, les cheveux teints, serviable, gentil avec un fond assez bon. Il habitait dans un petit studio au dernier étage d'un vieil immeuble sans ascenseur. En me voyant arriver tout essoufflé, il m'a dit : « Moi, c'est ma gymnastique. Monter plusieurs fois par jour ces six étages me suffit pour travailler mon joli corps. »

Une fois installé, il a ouvert son iPad et s'est mis à faire défiler des photos.

« Ça, c'est l'iPad des gens qui aiment les femmes. J'en ai un autre, beaucoup plus osé. Mais je ne te le montrerai pas, si tu savais ce que certains hommes me réclament ! Ils sont fous. Pas plus tard que la semaine dernière, un type m'a demandé une souris dans un bas de femme… il voulait la foutre dans son cul pour jouir ! *Mamma mia*, quel tordu. Bon, et toi ? Que puis-je faire ?

— Pour moi rien, je viens pour un ami qui a des problèmes.

— Des problèmes, des problèmes, mais quel genre de problèmes ? Tu me fais peur. »

Je lui ai alors expliqué le cas de Tony et lui ai précisé qu'il payait en dollars.

Azizo a paru assez déconcerté. Il n'avait

personne à présenter à Tony pour ses drôles de mises en scène. Il m'a proposé à la place des potions, des médicaments et même une pommade aux extraits de curcuma et de gingembre. Rien de convaincant. Après réflexion, il a soupiré :

« Pourquoi les hommes ont-ils tant de difficultés à bander ? C'est le mal du siècle. Ils devraient laisser faire la nature. C'est comme pour le sommeil, je n'ai jamais compris ceux qui se bourrent de médicaments pour dormir. »

Sur le coup, j'ai eu envie de l'étrangler, mais je me suis retenu. Il faudrait que j'évalue avant les points crédits sommeil que sa mort me rapporterait. Azizo ne doit pas peser lourd, me suis-je dit. Il pourrait mourir demain, rien ne changerait dans la médina. Les putes trouveraient un autre maquereau. Les clients n'auraient aucune difficulté à rencontrer des putes... J'ai remercié Azizo et je suis parti.

Sur le chemin du retour, je recomptais machinalement mes points crédits sommeil quand j'ai découvert avec horreur que j'en avais perdu énormément. Comment et quand cela avait-il pu se produire ? Aucune idée. Un vol, une absence, une négligence ? Je me sentais comme victime d'un cambriolage. Pourtant ces points n'avaient rien de matériel, ils étaient à moi et je croyais pouvoir en disposer à ma guise. Il m'était arrivé récemment de m'endormir en plein jour dans un jardin public, chose qui ne s'était jamais produite de ma vie. Avais-je alors été victime d'un braquage ? Quelque chose n'allait pas.

Arrivé chez moi, je suis parti me mettre au lit immédiatement. J'ai essayé de m'assoupir, mais rien. Mes points avaient réellement tous disparu, ils s'étaient volatilisés. Pour quelle raison ? Leur date de péremption était-elle dépassée ? Avaient-ils perdu tout leur effet ? Et que faire ? Prendre un somnifère pour les faire revenir ? J'ai compris que je les avais perdus définitivement.

Il fallait que je me remette tout de suite au travail et seul, cette fois-ci. J'ai décidé de quitter Tanger et de ne plus donner de mes nouvelles pendant un bout de temps. Mais voilà qu'au moment même où je quittais la maison, je suis tombé sur Katy suivie par Tony dans un état physique lamentable. Il se traînait, avait du mal à parler. Elle m'a expliqué qu'il avait avalé des produits achetés chez un charlatan et qu'il s'était intoxiqué. Il sortait de l'hôpital où on lui avait fait un lavement, mais il souffrait encore.

« Non seulement son truc est mort, mais voilà que le poison l'a transformé en chien. Il aboie et mord, maintenant. »

Il ne manquait plus que ça, Tony transformé en chien ! Je me suis approché de lui. Il avait la mine abattue, l'air triste, les yeux baissés. Il a mis sa tête sur mon épaule et a murmuré : « Je suis foutu ! » Il pleurait comme un enfant. Sa femme l'a tiré par le bras et lui a dit qu'il était temps de rentrer à la maison pour le dîner, ajoutant : « Il n'y a pas que la baise dans la vie, hein Tony ! »

Chapitre 16

L'état de Tony s'est dégradé assez vite. Je l'ai appris par un coup de fil de sa femme qui pleurait. Il était à la clinique Jebilat.

Je suis allé le voir. Arrivé à son chevet, je l'ai découvert agonisant. Je lui ai pris la main, l'ai serrée et j'ai vu des larmes couler sur ses joues. Katy a sorti de son sac un petit magnétophone et l'a mis en marche. Quelqu'un lisait le Coran. C'était la fin. Tony le mécréant a levé son index de la main droite et a balbutié la profession de foi. Je ne savais pas qu'il était devenu croyant ni que sa femme écoutait des sourates du Coran. Je me suis penché sur lui et, comme je faisais d'habitude, je l'ai discrètement étouffé. Katy ne s'est rendu compte de rien. Elle était prostrée, s'était assise par terre et sanglotait. Moi aussi je m'étais mis à chialer. Dès que le médecin a constaté le décès, un infirmier a déboulé dans la chambre et a présenté la facture. Aucun respect, aucune pudeur.

L'enterrement a eu lieu le lendemain. Il n'y avait personne. C'était vraiment triste. Le soir même

Katy a fait ses bagages et est partie à Casablanca d'où, disait-elle, elle devait prendre un avion pour Montréal. Je ne lui ai posé aucune question. Une page était tournée. Et moi j'allais pouvoir dormir de nouveau, persuadé que Katy ignorait tout de nos stratagèmes. Enfin, je préférais le croire.

Ma nuit fut agitée. Si la mort de Tony arrangeait mes affaires, l'affection que j'avais pour lui me rendait triste. Il allait me manquer, surtout pour ces moments où il se mettait à délirer et voulait « entreprendre des choses extraordinaires », comme il disait. Mais au moins maintenant, mes activités spéciales n'avaient plus de témoin.

J'ai découvert dans les jours qui ont suivi que la mort de Tony m'avait fait hériter non de ces crédits sommeil, mais d'autre chose : j'avais d'excellentes érections. Me voici donc avec des bandaisons fréquentes dont je ne savais que faire. Non que je méprise ce genre de bonne forme, mais je craignais de me retrouver avec un priapisme sans même forniquer. Il fallait donc absolument que je me débarrasse vite de ce crédit encombrant. Un médecin assez cynique m'a fait une ordonnance ainsi rédigée : masturbation matin midi et soir, accompagnée d'un DVD de film pornographique allemand, probablement ce qui se fait de pire dans le genre. Au bout d'une quinzaine de jours, m'assurait-il, je retrouverais une libido équilibrée.

Sa prescription n'a pas suffi et j'ai dû renouer avec Sakina, dont le mari était en prison. Grâce à elle j'ai pu réduire le nombre de masturbations à deux, puis à une. J'avais hâte d'en finir, car mon amie avait la mauvaise habitude d'avaler une ou deux bières avant de faire l'amour. Son haleine et l'odeur fétide de cette boisson me faisaient horreur.

Je bandais, mais je ne dormais plus. Il fallait repartir d'urgence à la chasse et préparer soigneusement mes interventions. Je visais haut et, de ce fait, prenais des risques plus grands. Hâter la mort d'un pauvre chômeur ne me rapporterait rien.

En attendant, je passais mes nuits les yeux ouverts, secs et endoloris. Je retombais dans la pire période de ma vie. De nouveau ma tête était lourde de pensées inutiles et obsessionnelles. Je ne pouvais me défaire du bruit, du tapage et de l'agitation. Incapable d'arrêter ce désordre. On aurait dit que mon esprit était en travaux. J'étais devenu esclave de pensées stupides, ramassées la veille dans la rue, dans un café ou dans un mauvais film. Comme un marteau qui s'acharne sur un clou récalcitrant, mes pensées se répétaient à l'infini. Je cherchais en vain comment arrêter ce bruit dans ma tête. Mais je luttais avec des armes inefficaces.

C'était tellement injuste qu'il y ait plus de gens comme moi, avec des difficultés pour trouver le sommeil, que de personnes qui dormaient sans problème, longtemps et profondément. Finalement, l'humanité était partagée en deux catégories. Les insomniaques et les autres, mais aussi les migraineux et les autres, les diabétiques et les autres, les angoissés et les autres… Je tournais en rond.

Un jour, alors que j'attendais dans le hall d'un aéroport mon avion pour Paris, j'ai vu un vieil homme marcher lentement avec un oreiller dans un sac en plastique transparent. J'ai tout de suite compris qu'il avait des problèmes de sommeil. Il ne devait pas pouvoir s'endormir sans cet oreiller dont il ne se séparerait sûrement jamais. Je me suis approché de lui et l'ai salué, imaginant qu'il pourrait peut-être faire l'affaire.

« Excusez-moi de vous déranger, mais dites-moi, pourquoi voyagez-vous avec cet oreiller ?

— Vous êtes bien curieux. C'est personnel. »

Et le voilà qui commence à me raconter l'histoire de sa femme qu'il a tant aimée et qui n'est plus de ce monde.

« Il y a là, m'a-t-il dit, son parfum, son odeur naturelle, nos souvenirs, notre passé, notre amour. Je ne peux pas m'endormir sans. »

Au moment où j'allais partir, il m'a retenu par la manche et m'a demandé pourquoi je l'avais abordé. Je lui ai expliqué mes insomnies et l'intérêt que je portais en général à tout ce qui touchait au sommeil. Alors il s'est approché très près de moi et m'a murmuré dans l'oreille cette étrange confession :

« Depuis la mort de ma femme, tous les soirs, avant de me mettre au lit, je me branle pour me vider. Après je suis à plat, fatigué, prêt pour m'endormir, évidemment la tête bien posée sur mon oreiller magique ! Vous devriez faire comme moi. »

Bien plus alerte et imprévisible que je ne l'avais cru d'abord, cet homme ne pouvait rien me faire gagner. Il ne serait pas mon prochain client. Je l'ai regardé une dernière fois et, sans le saluer, j'ai pris congé de lui.

J'ai réalisé ce jour-là que je ne vaincrais définitivement mon insomnie qu'en hâtant la mort d'une personnalité très influente et importante, choisie avec soin et non au hasard, quelqu'un surtout dont le poids politique et social équivaudrait à l'objectif auquel j'aspirais. Mais je n'avais encore ni le pouvoir ni l'énergie de m'attaquer à ce genre de personne.

J'ai pensé à un ancien Premier ministre de Hassan II que je connaissais un peu. Il avait quatre-vingt-quinze ans, une fortune colossale, vivait chez lui, entouré de sa famille et des rares amis survivants de sa génération. Je l'aimais bien mais j'avais complètement perdu le contact avec lui. Je demandais souvent de ses nouvelles à ceux qui le voyaient. Ils me rassuraient en s'étonnant de son excellente santé. « Il fume encore de gros havanes, m'avait-on assuré, dort bien et joue aux cartes l'après-midi avec son jardinier et son chauffeur. Il lui arrive parfois de s'assoupir pendant le jeu, mais il se réveille vite et ne rate rien. »

Chapitre 17

Je ne sais plus depuis combien de nuits je suis privé de sommeil. Je ne dors plus. Impossible de fermer l'œil, même un instant. La nuit devient blanche et creuse. Son vide me torture et me met dans tous mes états. Dès que le soir approche, je ne suis plus le même. Je me surprends à mendier à voix haute : « S'il vous plaît… un petit peu de sommeil… un petit peu de cette douce et agréable absence… Une simple échappée, une brève escapade, un pique-nique avec les étoiles dans le noir absolu me suffiraient… » Mais rien.

J'ai la nette impression que je suis puni. Par qui ? Je n'en sais rien. Un tribunal invisible m'a condamné à mon insu. Des juges — mis au courant de mes stratagèmes — se sont réunis en haut du Toubkal et ont décidé de m'enlever toute capacité de dormir. Pas de plaidoirie, pas de débat.

Le jury ne devait pas être composé de juristes mais de théologiens qui ont considéré que ma pratique de la religion musulmane laissait beaucoup trop à désirer, notamment pour ce qui est de ma façon de hâter la mort des gens, chose qui ne peut que contrarier la volonté divine. En outre, je ne fais pas les cinq prières. Je ne jeûne pas durant le mois de Ramadan. Il m'arrive de boire un verre de bordeaux ou une coupe de champagne. Je n'exagère jamais. Même le pèlerinage je l'ai mal fait parce que j'en ai profité pour publier un reportage dans le quotidien *Le Monde* qui critiquait très violemment la manière dont les Saoudiens géraient ce flot de fidèles venus du monde entier. S'ils avaient su ce que je préparais, ils m'auraient retenu en refusant de me restituer mon passeport. Pour voyager là-bas, on a besoin d'un visa d'entrée et d'un autre de sortie. On a intérêt à bien se tenir.

Un bon musulman ne remet pas en question ce genre de sujet, le pèlerinage est un des cinq piliers de l'islam. Il la boucle et se fait discret. Profil bas et pas de provocation. Sinon, très vite ça dégénère et on se retrouve en prison pour apostasie. D'autant qu'il leur est très facile de décréter que vous êtes un apostat. Il suffit qu'un imam malveillant le décide. Allez ensuite prouver le contraire ! Ce crime est passible en Arabie saoudite de la peine de mort. La tête tranchée sur la place publique après la prière du vendredi.

J'ai appris récemment que les autorités saoudiennes manquaient de bourreaux et qu'elles avaient même passé une annonce dans des journaux pour en recruter un. Sauf que ce métier très spécial est une charge qu'on hérite de père en fils. J'imaginais tout à fait le père bourreau entraînant son fils sur la tête de moutons. « Il faut frapper une seule fois, fort et précis. La tête doit tomber du premier coup, sinon le public proteste immédiatement. Efficacité maximum requise ! » On ne plaisante pas avec l'existence de Dieu, surtout chez les Bédouins.

Au Maroc, heureusement, on ne coupe pas la tête à ceux qui ne sont pas de bons croyants. Mais il semble bien qu'une sentence ait été prononcée sur mon cas. « Il sera privé à jamais de sommeil, donc de rêves. » Qui donc a pu en décider ainsi ? Mes ennemis n'ont pas ce pouvoir. Mes voisins non plus. Mon épouse, alors ? La femme que j'ai aimée, que j'ai cessé d'aimer et que j'ai abandonnée était-elle motivée par sa blessure et son besoin de vengeance ? Il faut dire qu'elle sait y faire. Les sorciers, les charlatans, les voyantes, les briseurs de destins sont à sa merci. Tout l'argent de sa pension passe dans ces balivernes. Peut-être même certains juges au sommet du Toubkal qui culmine à 4 167 mètres d'altitude. Née dans cet environnement de magie et de magouille, elle en joue selon les situations. J'ai vite compris qu'il ne fallait pas l'affronter. Même si, je le répète, je ne crois pas à ces manigances moyenâgeuses.

Il paraît que le mauvais œil existe vraiment. Dès que j'évoque cette superstition, il se trouve toujours quelqu'un, et pas forcément le plus illettré ou inculte, pour me dire « mais bien sûr que oui. D'ailleurs notre prophète en parle dans un de ses dits. Il ne faut pas négliger la part irrationnelle de la vie ! ».

Je ne prétends pas tout expliquer ni tout comprendre. Mais personne ne pourra me convaincre que des gris-gris, des écritures sur un morceau d'os, un talisman couvert de signes tracés à l'encre sépia, avec de la terre mêlée de sang séché, le tout concocté dans un gourbi au fin fond du Maroc, à Agadir ou à Tafraout, peuvent avoir une incidence sur la qualité de mon sommeil.

Pour trouver la vraie raison de mon mal, il faut que je cherche ailleurs et que je n'incrimine personne, pas même mon ex-femme. Chercher en moi, dans mon passé, dans mon corps, dans la mémoire la plus haute, la plus ancienne, même si ce qu'elle contient me semble insignifiant et sans importance.

Méditer. Être disponible pour arrêter le tapage quotidien et revenir à moi. Penser en respirant méthodiquement. Se décontracter. Accepter de se laisser aller. Ne pas m'abandonner à mon esprit parasité par les déchets de la vie diurne.

Malheureusement j'en suis totalement incapable. J'ai toujours été un hypervigilant. Pour moi, tout doit être sous contrôle. Je ne veux surtout jamais perdre la tête, ni la maîtrise des choses. Je ne me suis jamais enivré, n'ai jamais pris une cuite avec des potes, comme on dit, n'ai jamais fumé un joint ou avalé une pilule pour partir ailleurs et planer comme un oiseau heureux. Je ne lâche jamais la bride. Je ne décroche pas. Il suffit qu'une once de culpabilité émerge du fond de la nuit et voilà que reviennent défiler les fantômes des hommes et femmes dont j'ai hâté le décès. Cela dure une petite heure où je souffre en silence.

Mon malaise s'arrête quand je réussis à penser aux nuits magnifiques que j'ai passées grâce à mes crédits sommeil si chèrement acquis.

J'ai lu il y a peu que la privation de sommeil faisait partie des tortures les plus efficaces pratiquées par les dictatures pour faire parler leurs opposants. Une variante consiste à donner l'illusion au prisonnier qu'il va dormir et à le réveiller brutalement à plusieurs reprises. La route qui mène à la folie, la légère ou la profonde, passe paraît-il toujours par l'insomnie. La dépression, quant à elle, s'annonce bien souvent durant les nuits blanches.

On peut bien sûr ne pas dormir une nuit sans pour autant tomber en dépression. Comment font les Nordiques ? Ils s'habituent. L'année est divisée en deux : une longue nuit et un jour sans fin. De quoi perdre les repères et sombrer dans la folie.

Là, ma fascination pour les pays nordiques est à revoir.

Chapitre 18

Je sais qu'une longue psychanalyse pourrait résoudre mon problème. Il faut de la patience et la foi. Je n'ai ni l'une ni l'autre. J'ai accepté de voir un analyste durant une année. On a creusé. Plutôt j'ai creusé. Je savais ce que j'allais trouver. « Trop lucide pour une analyse constructive », a conclu l'analyste en me conseillant d'écrire sur le sujet. « Une excellente thérapie », m'a-t-il dit.

Oui, écrire, mais il faut que ça se tienne, que j'arrive à raconter une histoire captivante avec un vrai personnage. J'ai essayé plusieurs fois. Incapable de dépasser la première page. En fait, j'aime raconter des histoires imaginaires, pas utiliser la littérature comme un exorcisme. Si je n'étais pas scénariste, je serais monteur de films. Je passerais mon temps à donner du rythme à des films ni faits ni à faire, sans scénario, sans enjeu. Je suis sûr que ça doit être passionnant de réparer des films soumis à une sorte de cure d'amaigrissement involontaire. J'essaierais de leur donner de la chair, de la consistance et de nourrir notamment le vide de la nuit.

Mes scénarios, je m'en occupe avec autant de soin que de mes nuits. Je les arrange, les rends crédibles, plausibles, fonctionnels, avec une patience infinie. C'est sans doute pour cela que les réalisateurs me demandent tout le temps. Ils connaissent ma propension à en faire plus que les autres. Aujourd'hui les dialoguistes et les scénaristes du cinéma sont à sec. Ça ne décolle pas. La tendance est à se contenter de petites choses, petit budget, petits acteurs, petit décor. Résultat : un petit, tout petit film sans envergure. Moi je comble les trous, traque la moindre négligence. Je ferme les portes quand le personnage oublie de le faire, je réduis les dialogues en ne laissant que le strict nécessaire. Le cinéma français a eu de très bons dialoguistes, Pascal Jardin, Henri Jeanson, Michel Audiard, l'excellent Audiard, qui ont su saisir l'air d'une époque et les mots qui allaient avec. Ils m'inspirent.

L'analyste m'a donné en revanche une bonne idée : revoir ma literie et accorder le plus grand soin au choix du matelas et du sommier. Dans la rue une publicité dans une vitrine a attiré mon attention : « Beautyrest : découvrez la nouvelle technologie des matelas qui rechargent le corps pendant le sommeil ». Rien que ça ! Encore faut-il trouver le sommeil, me suis-je dit.

J'ai poussé la porte et suis entré dans le magasin. Un petit bonhomme portant des lunettes épaisses m'a dit : « Monsieur, je vois que vous dormez mal, j'ai ce qu'il vous faut ! » Puis il a débité tout un discours, affirmé que nous passions le tiers de notre vie dans un lit, qu'une nuit ratée était une journée de perdue... Sans sommeil, affirmait-il, on ne fait plus rien de bien : on ne signe pas de contrats, on ne fait pas carrière, même les femmes ne s'intéressent plus à vous...

Je l'ai regardé en pensant qu'il devait dormir encore plus mal que moi. Il poursuivait son boniment et arguait que les grands hôtels se fournissaient chez lui. « Vous savez, le touriste américain a des exigences extraordinaires pour ses nuits, et Beautyrest y a pensé et y répond. Notre gamme relève de la plus haute technologie, elle est testée par des machines et garantie dix ans ! En plus, entre nous, vous allez vous offrir le plaisir de dormir au quotidien comme si vous étiez dans un grand palace ! Sommeil réparateur garanti, un réveil en pleine forme assuré ! » Pas besoin de lui dire que je n'étais pas américain et que mes exigences étaient d'une grande simplicité : dormir, c'est tout.

Je l'ai remercié et lui ai dit que j'allais réfléchir. En me raccompagnant à la porte, il m'a glissé dans l'oreille : « Ces matelas favorisent les performances sexuelles ! Et je sais de quoi je parle... » Puis il a éclaté de rire et m'a donné une tape dans le dos.

J'ai pensé lui dire : « Je veux dormir, pas faire l'amour ! L'amour, on peut le faire n'importe où... » Mais à voir sa tête je n'ai pas eu envie d'ajouter quoi que ce soit.

Chapitre 19

Ma plus belle nuit de sommeil, je l'ai vécue dans le désert, au début d'un mois de février. J'étais beaucoup plus jeune, amoureux et plein d'espoir. J'accompagnais l'équipe de tournage d'un film dans le Sud marocain, où m'avait rejoint ma maîtresse Maya. Une agence de tourisme avait tout prévu : douche, cuisine, tentes équipées…

Se retrouver à cinq cents kilomètres de Marrakech suffit à faire basculer n'importe qui dans un autre monde, un autre temps, qui annulent soudain l'angoisse et le stress quotidiens. Le désert, que certains confondent avec le néant, est un territoire vivant mais enveloppé de silence. Ce silence n'est pas l'absence de bruit, c'est autre chose, une sorte de légèreté qui se loge en vous et nourrit votre quiétude, vos dispositions à méditer et à prendre du recul.

Le lendemain, j'étais tellement content que je disais à tout le monde combien j'avais bien dormi. J'étais à la limite du ridicule. À tel point qu'un machiniste m'a demandé si je ne me moquais pas un peu. Évidemment c'était le type même de l'individu qui ignore l'insomnie et ses affres. Le réalisateur, qui depuis le début du tournage regardait avec insistance mon amie, m'a dit : « Tu es à côté de la plaque. Avec une fille comme Maya, je ne fermerais pas l'œil de la nuit. Comment peux-tu être content d'avoir dormi profondément quand tu pourrais lui avoir fait l'amour toute la nuit ! »

Pourquoi lui répondre que Maya et moi aimions faire ça l'après-midi et que nous considérions que la nuit était faite pour dormir, nos corps enlacés dans un sommeil doux et merveilleux.

Après l'amour, Maya aimait préparer nos nuits. Nous prenions un bain chaud entourés de bougies, elle me massait longuement, me disait des mots d'amour, parvenait à me détendre au point qu'il m'est arrivé une fois de m'endormir entre ses bras dans la baignoire.

C'était une époque où le temps avait une autre couleur. J'avais fini par admettre l'échec de ma vie conjugale, mais ne pouvais me résoudre à quitter ma femme qui me faisait du chantage affectif. J'étais disponible pour le grand amour.

La nuit qui a suivi notre rencontre, j'ai dormi la tête emplie de bonheur. Ce n'était pas un sommeil profond, mais agréable et prometteur. Tous les rêves étaient permis. Mais notre première sortie ne s'est pas bien passée. Le restaurant était bondé et diffusait de la musique électronique qui couvrait les discussions. Nous avons pris le parti d'en rire. C'est la fois suivante que ça a pris.

Elle était passionnée de lecture et de cinéma. Entre nous les sujets ne manquaient pas, nous passions d'un film de Fritz Lang à un roman de Marguerite Yourcenar, d'Albert Cohen à Orson Welles. De temps en temps, le silence s'installait et nous nous regardions avec complicité. J'avais décidé que c'était la femme de ma vie. Quand on est amoureux, on exagère toujours. Après cette première échappée dans le désert marocain, je lui ai fait la surprise de l'emmener en voyage en Islande, un pays sec et étrange, le pays où on lit le plus au monde, prétextant auprès de ma femme un nouveau tournage. Maya et moi avons disparu ensemble. C'était merveilleux, mais je savais que notre amour était sans avenir. Je ne pouvais pas quitter mon épouse qui traversait une dépression sévère. J'espérais arriver à un arrangement, pensant au film d'Elia Kazan *L'arrangement*, avec Kirk Douglas, je m'identifiais un peu à son personnage. Mais cela ne faisait que reporter la décision à prendre. Notre amour était clandestin. Nous nous cachions pour nous aimer. Nous évitions de parler de « la situation », car ça se terminait toujours par du chagrin.

En apprenant un soir que j'avais promis à mon épouse de ne pas la quitter, Maya n'a eu qu'un mot, bref et définitif : « Tu m'as perdue. » Je savais la lâcheté des hommes et soupçonnais la cruauté des femmes. Elle s'en est allée, emportant avec elle tout ce que j'avais espéré, rêvé, construit pour elle et moi. À sa place, un désespoir tenace s'est installé pour une longue période. Avec elle, j'avais perdu l'amour et je retrouvais mes insomnies.

Chapitre 20

J'ai été migraineux dès l'enfance. Des maux de tête de plus en plus forts et impitoyables qui me torturaient puis disparaissaient après des heures de douleur. Pour les éviter, je m'abstenais de tout ce qui pouvait provoquer chez moi d'atroces souffrances, celles que j'appelais à l'époque « mes souffrances suicidaires ». Pas d'alcool, pas de chocolat, pas de nourriture grasse, pas de cuisine asiatique, pas de contrariétés (je ne réussissais pas toujours), pas de colère, pas de stress, etc.

J'ai vécu longtemps avec ces maux de tête qui survenaient n'importe où et n'importe quand. Ils attaquaient parfois la nuit et me promettaient une insomnie totale. Je ne savais plus si je luttais contre la migraine ou contre l'impossibilité de trouver le sommeil. De toute façon, certaines migraines attendaient que je m'endorme pour me réveiller avec une férocité terrible. Un pieu s'enfonçait dans ma tempe et me faisait sursauter.

Que de fois j'ai rêvé de changer de tête, de la

déposer devant moi et de lui faire la morale. La migraine n'est pas une maladie. C'est un état d'être. Une présence perturbée où la tête est sous emprise. Une sorte de torture, un avant-goût de l'enfer que les textes religieux promettent aux infidèles. Une punition suprême. Une douleur permanente et de plus en plus étendue en profondeur. L'horreur.

J'ai consulté partout, même en Inde où on m'a conseillé de rencontrer un grand spécialiste de ce mal. Je me souviens avoir fait la queue dans un escalier où attendaient vingt personnes. Toutes semblaient avoir une grande confiance en ce médecin. Son cabinet se trouvait dans un quartier ancien d'Old Delhi. Dès qu'il m'a vu, il m'a dit dans un anglais que je comprenais : « Vous, c'est compliqué. » Il m'a donné un flacon plein de cachets blancs à prendre trois fois par jour pendant un mois.

Résultat nul. Ses cachets, c'était de la craie ou de la farine mélangée avec un autre produit.

Une autre fois, suivant le conseil de mes amis Pierre-Alain et Dorothée, j'ai consulté un homéopathe, une célébrité à Genève qui, me disaient-ils, avait fait des miracles. Tout le monde l'adorait. Je l'ai vu. Il m'a vu. Je suis sorti de chez lui avec une longue ordonnance remplie de noms et de chiffres. J'ai suivi à la lettre ses instructions. Rien. Walou. Niente. Nada. Temps gaspillé. Espoir déçu. Et pour lui un échec. J'ai eu la gentillesse de n'en rien dire. Mes amis étaient navrés et ne comprenaient pas pourquoi ça ne marchait pas avec moi.

J'ai participé une fois à une réunion de migraineux. Chacun racontait son cas et surtout quel mélange de médicaments il faisait pour calmer la douleur. C'était intéressant, parce que, au-delà du mal de tête, nous avons confronté aussi nos idées politiques et culturelles. Il y avait parmi nous un acteur de théâtre qui jouait dans toutes les pièces de Samuel Beckett. Quand il avait mal, il montait quand même sur scène et le public pensait que le personnage de Beckett se devait d'avoir cette grimace causée par la douleur. Il en jouait et la migraine finissait par disparaître. Une belle femme, directrice d'un magazine de mode, nous a raconté que souvent sa migraine surgissait au moment de l'orgasme. Elle se tordait de douleur et de plaisir. Pour son homme, c'était un moment d'extase. Il en était fier. Il y avait aussi une femme politique dont la carrière avait été anéantie par ses crises migraineuses. Elle avait dû renoncer à ses mandats et passait son temps à tester de nouveaux médicaments.

La migraine a quelque parenté avec l'insomnie. L'une peut susciter l'autre. À force de rechercher le sommeil, on fatigue ses neurones et cela se traduit par des maux de tête. Et quand on est sous l'emprise de la migraine, il est impossible de dormir, en tout cas c'était ce qui se passait pour moi.

Et puis un soir de mélancolie je me suis rendu compte que cela faisait près de deux mois que je n'avais plus de maux de tête. De peur qu'ils reviennent, j'ai essayé de penser à autre chose. La vie sans douleur a un goût exquis. Il faut être passé par des maux de tête brûlants et persistants pour goûter ensuite les moments simples de la vie, comme s'asseoir sous un arbre et attendre le coucher du soleil face à la Loire qui change de couleur selon le ciel ; boire un verre avec des amis et bavarder sans se prendre au sérieux ; découvrir un écrivain et se mettre à le lire avec gourmandise ; manger un plat de pâtes préparé par la femme qu'on aime et l'embrasser dans le cou quand elle met la table. Lui dire qu'on l'aime, qu'on l'adore, qu'elle est unique, qu'elle est la femme de votre vie. Fumer un cigare et boire un armagnac ancien. Égrener des souvenirs avec quelqu'un de proche et les embellir. Faire une sieste sur une chaise bancale et se laisser aller à des rêveries érotiques.

Tout ce bonheur, je me suis mis à le redécouvrir, car la sentence était levée. J'étais libéré. Plus mal à la tête. Plus de turbulences et d'idées noires. J'étais redevenu jeune. L'effet a été immédiat. J'ai perdu du poids et mes capacités de travail se sont améliorées. La migraine était une mangeuse de santé et de paix. Je me suis senti devenu un autre, prêt à entreprendre de nouveaux projets, de nouvelles aventures.

Mais, depuis que la migraine a disparu, l'insomnie a pris sa place. On dirait qu'elles se sont donné le mot. Vas-y, c'est une victime idéale. Il est disponible pour souffrir. Il se bat mais mal et pas assez. Il n'a que ce qu'il mérite. Si ses journées sont réussies, il faut que ses nuits lui échappent. Il ne peut pas gagner sur tous les tableaux, tout de même !

Le soir, après ma toilette, je me déshabille, je mets un tee-shirt assez long, je fais quelques exercices de respiration, je soulève lentement la couette et me glisse dans le lit. J'adore ce moment-là. En principe tout est en ordre autour de moi et rien ne peut laisser présager l'arrivée douce et tonitruante de l'insomnie. Durant quelques minutes, je passe en revue les faits importants de la journée. Je programme ce que je dois faire le lendemain. Tout cela se déroule sans bruit, sans chahut, sans dérangement. Mais cette paix ne dure pas longtemps. Au bout d'une petite demi-heure, je change de position. C'est mauvais signe. Aucune ne fait l'affaire. Je me dis que je vais finir par trouver, mais quelqu'un me chuchote dans l'oreille : « Tu ne dormiras pas cette nuit, pas avant l'aube, c'est ainsi, change de position autant que tu veux, le sommeil a pris la fuite et surtout t'a laissé dans un état où tu ne peux rien entreprendre, tu es trop agité, trop nerveux pour lire, regarder un film ou écrire quelques lignes, pas la peine d'insister ! »

Inutile de me battre, me rebeller, m'opposer. Il faut plutôt que je retrouve mon calme et accepte ce qui advient. Je renonce donc à penser à la journée précédente et au lendemain. J'imagine une prairie verte, jaune, mauve qui s'étend à l'infini et une musique de Mozart. Mais voilà que l'image de l'acteur Edward G. Robinson s'impose à moi : il est dans une clinique où on achève les vieux. On les met en condition dans une salle où l'on projette des images douces et apaisantes avant de leur administrer la piqûre fatale. Il meurt avec de beaux paysages dans les yeux et une douce musique dans les oreilles. C'est *Soleil vert*, le film d'anticipation de Richard Fleischer sorti en 1973.

Chapitre 21

Un matin, juste au moment où, épuisé par la fatigue accumulée, je commençais à m'endormir, Harrouch, le producteur, a débarqué chez moi. Il était en colère et réclamait que je lui rende les avances qu'il m'avait consenties. Il martelait : « Je ne partirai pas d'ici sans mon argent ! »

Né d'une mère tunisienne et d'un père grec, c'était un Méditerranéen au sang chaud, comme il aimait le rappeler lui-même. Il était toujours en ébullition, au bord de la crise de nerfs, au bord de l'AVC.

Je l'ai entraîné dans mon salon où je lui ai servi un café turc en lui demandant de s'asseoir et de m'écouter.

« Ton scénario est prêt. Il est là, dans ma tête, il suffit que tu m'envoies une de tes secrétaires, la plus laide, la plus raide, pour que je le lui dicte et demain tu as un scénario génial dont j'ai déjà parlé avec Martin Scorsese. L'idée lui plaît et il m'a relancé. »

Il m'a regardé, légèrement plus calme :

« Pourquoi veux-tu que la secrétaire soit laide ? Je n'emploie que de futures starlettes, canons, superbes, prêtes à tout pour un bout de rôle. Tu auras demain chez toi Babette, belle poitrine, vicieuse, mais excellente secrétaire. Alors c'est quoi ton idée ? »

Mais sans me laisser le temps de répondre, il s'est ravisé :

« Attends un peu, tu m'as bien dit que tu avais parlé de ton scénario avec Scorsese ? Avec Martin Scorsese lui-même ? Tu te fous de moi ? Tu veux me faire croire qu'un grand cinéaste américain a du temps à perdre pour prendre au téléphone un vague scénariste marocain dont ni lui ni personne n'a jamais entendu parler ?

— Disons que j'ai eu de la chance. Je suis passé par un des musiciens du groupe Nass el Ghiwane pour avoir son bureau.

— Ah, OK, OK, je comprends mieux maintenant, il paraît qu'il les apprécie beaucoup.

— Écoute-moi plutôt. C'est l'histoire d'un type qui n'arrive pas à dormir, jusqu'au jour où il découvre qu'en tuant des gens proches, il gagne un sommeil profond. En fait, il ne les tue pas vraiment, il hâte leur mort et là il récupère un capital sommeil qui lui assure des nuits tranquilles. Plus il tue, mieux il dort. Dès qu'il s'arrête, l'insomnie resurgit et il vit l'enfer. Du coup, il se met au service de gens qui ont intérêt à faire disparaître certaines personnes de leur entourage, et c'est l'engrenage.

— Super ! Continue... Je vois tout de suite

Robert De Niro dans le rôle, si évidemment Scorsese réalise le film. »

Après un instant de silence, il s'est mis à sortir comme il se doit un cigare et l'a allumé.

« Donne-moi des précisions sur le personnage…

— La cinquantaine, chauve, prof de cinéma dans une université, scénariste de talent, divorcé. Il a un enfant qui vit avec sa mère, est plutôt honnête, cultivé, mais gère mal l'argent. C'est un artiste, il ne baise jamais les actrices, se croit envoûté par son ex-femme qui est en relation avec un réseau de sorciers de haut niveau. En fait, il ne baise plus. Une fois débarrassé de son insomnie, il va s'attaquer à son impuissance sexuelle… Mais pour bander, c'est autre chose, il faut vraiment qu'il tue… C'est là que la Mafia le repère et que le film devient une affaire de lutte entre les insomniaques et les impuissants !

— Tu délires.

— Oui, c'est si bon de délirer.

— Comment il choisit ses victimes ?

— Selon leur importance. Toi par exemple, tu pèses combien ? Je parle en millions d'euros…

— Tu sais bien qu'un producteur n'a jamais d'argent.

— Sache que ton poids immatériel doit représenter à mon avis une année de bon et délicieux sommeil !

— Merci pour la considération. Bon, demain à huit heures, c'est Soraya finalement qui viendra avec son ordinateur. Prépare du café et quelques joints, elle est plus performante après avoir fumé. Et pas de blague, je veux le scénario demain soir, entre-temps j'appelle l'agent de Scorsese… Dis, tu lui as vraiment téléphoné ? Tu n'es pas passé par son agent ? C'est curieux. Je n'arrive pas complètement à te croire. »

Je me suis remis au lit. Impossible de dormir. L'idée de faire de Harrouch ma prochaine cible ne me quittait plus. Mais il était capable d'aller voir Scorsese et de le convaincre de réaliser ce film. Et là, je serais obligé d'attendre qu'il soit tourné pour le tuer, ce serait trop dommage de faire tomber le film à l'eau. Sauf si, bien sûr, je découvrais que Scorsese ou De Niro étaient eux-mêmes en fin de vie. J'avais lu quelque part que De Niro avait eu un cancer de la prostate. C'est un cancer qui évolue lentement et, apparemment, dans ses derniers films, il était plutôt en bonne santé. Hâter la mort d'une star mondiale réglerait définitivement mon problème. Mais je voyais mal comment l'atteindre. Il valait sans doute mieux oublier De Niro et toutes ces stars qui vieillissent si bien.

De bon matin, Soraya s'est présentée chez moi de la part de Harrouch. Pas vraiment belle, mais de la présence. Pulpeuse, bien faite, regard chaud, j'avais du mal à voir en elle la secrétaire qui allait taper mon scénario. Pourtant, elle s'est installée à mon bureau, s'est déchaussée et a déclaré : « Je suis prête, je vous écoute. »

Après avoir bu deux cafés serrés, je me suis mis à marcher dans l'appartement en dictant. Cela me rappelait mon professeur de philo qui faisait son cours en arpentant son estrade. Devant l'étonnement de ses élèves, il avait expliqué : « Je réfléchis avec les pieds, mais ne faites surtout pas comme moi, pensez avec votre tête, quand vos idées seront épuisées, alors utilisez les pieds, vous verrez c'est original. »

Pendant que je racontais à Soraya l'histoire de ce pauvre type qui avait découvert qu'il ne pouvait avoir un sommeil honnête qu'en hâtant la mort de certaines personnes, j'essayais d'imaginer tout ce qu'un bon réalisateur pourrait en tirer.

Le scénario tenait la route. Soraya riait souvent et, de temps en temps, faisait une pause pour fumer un petit joint et me demander :

« Mais d'où vient cette histoire ? Ce n'est pas vous j'espère, n'est-ce pas ?

— On me pose souvent cette question, surtout les enfants quand je leur rends visite dans les écoles. Ils veulent savoir comment naissent mes idées, comment fonctionne l'imagination. Je réponds toujours : "Ne croyez pas qu'elles tombent comme ça du ciel. Je pars à leur recherche tous les jours, je fouille ma tête et j'en tire ce dont j'ai besoin pour écrire." »

Plusieurs fois Soraya m'a suggéré une variante. Elle a proposé par exemple de se débarrasser de Katy plutôt que de Tony, parce qu'elle le trouvait sympathique et qu'il pouvait être utile pour la suite de l'histoire. Je lui ai répondu qu'on verrait en temps utile. N'empêche qu'elle avait raison, la mort de Tony appauvrissait drôlement l'intrigue.

Quand le scénario a été achevé, elle l'a imprimé en plusieurs exemplaires, m'en a laissé un sur la table et m'a fait une bise avant de partir. Au moment de quitter l'appartement, elle a jeté un regard pensif sur la rue inondée par une forte pluie. Elle a déposé son sac et m'a demandé de lui offrir un petit verre.

« Un verre de quoi ?

— Peu importe. C'est à cause de la pluie, dès qu'elle se met à tomber, j'ai besoin de boire, pas forcément des choses fortes, mais là j'aimerais bien un verre de tequila par exemple. »

Je lui ai plutôt proposé un verre d'un whisky single malt fameux, un Lagavulin 16 ans d'âge.

« C'est bien mieux que toutes les tequilas du Mexique.

— C'est aphrodisiaque ?

— Si on veut… Mais l'alcool n'a jamais favorisé les performances… »

Nous avons trinqué et, comme par enchantement, elle s'est blottie dans mes bras. Je sentais sa poitrine lourde et ferme et j'imaginais déjà la suite. Sauf qu'elle s'est relevée et m'a dit :

« Il faut que la pluie cesse, sinon je suis incapable de me concentrer assez pour faire l'amour. »

Nous voilà en train de scruter le ciel noir de nuages. Il pleuvait des cordes. Notre séance de bien-être fut reportée à un jour plus ensoleillé.

En partant, elle m'a refait une bise et m'a dit : « Ne fais pas attention à ma petite névrose. »

Dès le lendemain, Harrouch m'a appelé. Très excité. Il avait retrouvé le feu sacré en lisant mon scénario et essayait d'entrer en contact avec les agents de Scorsese et de De Niro.

« Tu savais que Martin Scorsese avait tourné *La dernière tentation du Christ* au Maroc ? Il adore le pays ! »

Tout se mélangeait dans la tête de Harrouch qui était prêt à faire le voyage à Los Angeles ou à New York pour les rencontrer.

Je ne sais pas comment Harrouch a fait, mais voilà que deux jours après j'ai reçu un coup de fil de Los Angeles de l'acteur Joe Pesci, qui avait joué dans plusieurs films de Scorsese, notamment dans *Casino* et *Les affranchis*, et qui m'a dit, dans un anglais que je comprenais à peine : « C'est moi, votre tueur ! », avant de raccrocher, me laissant dans le doute.

Jamais un acteur de ce calibre n'appelait lui-même. Tout passait exclusivement par l'agent. J'ai cru à un canular comme Harrouch en faisait quelquefois. Je lui ai téléphoné et lui ai demandé de ne plus me déranger et surtout, surtout de me régler la fin de l'écriture du scénario. Je lui ai précisé en outre que je n'étais pas en mesure de prendre un nouveau travail avant un bon moment. J'essayais de résoudre mon problème d'insomnie qui prenait des proportions de plus en plus inquiétantes. Pour finir, je lui ai souhaité bonne chance avec les Américains et ai raccroché, intimement persuadé que ni Scorsese ni De Niro ne donneraient suite. J'ai mis le scénario dans un dossier que j'ai posé sur une étagère. Signe que c'était pour moi un travail terminé et que je devais m'occuper ailleurs.

Cette nuit-là, mon insomnie a été clémente. Elle m'a même permis d'écrire un poème au moment où d'habitude je commençais à me lamenter.

Je céderai volontiers à mes fossoyeurs le tumulte de mes nuits qui s'étirent

S'allongent se confondent et bifurquent vers des sentiers calamiteux

Peintes en blanc cassé, elles tracent dessins et labyrinthes

ruelles sans issue, maisons inachevées, jardins abandonnés, espaces gris aux arbres calcinés et cellules pour condamnés

Elles s'acharnent sur mon dos, jettent un sort, manigancent, manipulent, s'obstinent, convoquent la magie noire, brisent l'accalmie du rivage proche, creusent un puits ou une tombe, un trou aussi large que mes épaules, aussi profond que la grande mélancolie,

une fosse rien que pour moi, humide et sombre où se perdent les parfums du paradis, les souvenirs qui ont tant résisté, tant compté pour les miens, les petites choses du superflu, le goût du songe, le jus d'orange amère, l'exquise subtilité de la pâte de coing au parfum de rose, l'éternelle odeur du pain grillé le matin, le parfum du café inondant la chambre,

les objets dont on ne s'est jamais servi, les aveux

mendiant un peu de sommeil où s'affiche la notion du chaos et du néant, mes nuits sont éméchées ébréchées amochées, mes yeux mes nuits mes erreurs, mes errances. Elles se moquent de moi, tournent autour du trou comme dans un manège, comme dans un jeu sans filet. Je me noie, j'étouffe et sors la tête du marasme. Je rampe les genoux blessés, le corps lourd, contrarié, humilié par la noirceur qui se joue de moi, nerveux, agité comme une pieuvre dans une cage, je lutte dans l'obscurité, gage pour laisser entrer le sommeil, je tape des pieds et des mains. Personne ne m'entend.

Quelqu'un chuchote dans l'oreille : le sommeil est un animal de compagnie, il faut en prendre soin, sinon il te quitte et tu auras le plus grand mal à le faire revenir, un animal doux et tendre, capricieux, parfois compliqué, plus important qu'un chien ou un chat, c'est le prince de la compagnie, s'il t'abandonne tu connaîtras une douleur étrange…

La peur insulte la raison, fabrique des pensées qui se mordent la queue, impose un raisonnement qui a cassé le sens, donne de nouvelles définitions des choses, ravit mes biens immatériels, fait des trous dans le combat. La peur est cette petite folie qui fait mal sans tuer, le petit feu sous la braise, le fleuve et ses rives. Et moi, assis comme un idiot attendant de voir passer le corps de mes ennemis ; oui, ils sont légion, il y a ceux que je connais et que j'ai classés, et puis tous les autres qui ne m'aiment pas sans jamais m'avoir rencontré, mais ce ne sont pas eux qui ont volé mon sommeil.

Chapitre 22

Ce répit a été de courte durée. La nuit suivante, j'étais de nouveau tourmenté par l'idée de devoir bientôt renouer avec mes pratiques douteuses. Je passais et repassais en revue les poids lourds en âge de s'en aller. Le banquier le plus riche du Maroc venait d'atteindre les quatre-vingt-dix ans. Je ne souhaitais ni sa maladie ni sa mort, mais si je pouvais l'approcher quand son état s'aggraverait, sans lui faire de mal, sans le bousculer, je pourrais emporter le gros lot. Sa fortune s'élevant à plusieurs dizaines de milliards de dollars, son importance politique, son charisme et sa réputation internationale me rapporteraient des milliers de nuits de bon sommeil, peut-être même toutes les nuits me restant encore à vivre.

Si je réussissais ce coup-là, j'arrêterais de mendier les points crédits et pourrais me consacrer entièrement à l'écriture des scénarios qu'on me commandait. Je redeviendrais un homme libre, avec une bonne hygiène de vie, un bon sommeil, et vivant dans une normalité évidente.

Je proposerais alors à ma jolie voisine, veuve et si jeune encore, d'abattre le mur entre nos deux maisons. On circulerait dans un espace plus grand tout en se sentant à la fois chez elle et chez moi, l'idéal quoi.

Pour passer le temps, j'ai regardé ce film récent où Jane Fonda, portant bien ses soixante-dix-neuf ans, frappe à la porte de son voisin solitaire, Robert Redford, quatre-vingt-un ans, pour lui faire une proposition : « Je suis seule, vous êtes seul, nous sommes voisins, j'ai besoin d'une présence humaine, de quelqu'un à qui dire bonne nuit, sans quoi je n'arrive pas à m'endormir. Accepteriez-vous de venir chez moi dormir à côté de moi dans mon grand lit ? Pas question de sexe, évidemment... — Je vais réfléchir, lui répond Redford, je vous appellerai. »

Le film m'a beaucoup ému. Je n'ai pas l'âge de Redford, bien sûr, mais ça m'a fait encore plus rêver de sonner chez ma voisine, avant qu'elle ne se trouve quelqu'un.

Ma voisine est une étrangère. Elle ne teint pas ses cheveux. Ils sont blancs, gris, assez beaux. Elle est élégante. Personne ne sait grand-chose sur sa vie, pourquoi elle habite une petite maison avec deux chiens, un chat et un perroquet. Elle écrit. Je la vois souvent penchée sur un ordinateur.

Quelques jours plus tard, j'ai profité d'une fuite d'eau pour lui rendre visite. Elle m'a ouvert gentiment. Sur le mur principal du salon, des photos d'elle avec un homme, à différents moments de leur vie, racontent un peu son histoire. Visiblement elle n'avait pas eu d'enfant. J'ai regardé, mais n'ai pas posé de question. En partant, elle m'a donné un livre écrit en anglais : « Tenez, lisez ça, vous apprendrez peut-être des choses sur votre pays ! » Je n'ai pas pu m'empêcher de l'interroger sur son sommeil. Elle a soupiré et m'a confié qu'elle dormait très peu. « La nuit, je la vois comme du temps perdu. Je dors quand mon corps est fatigué et qu'il ne peut plus me suivre. »

Il y avait chez elle une beauté naturelle, la beauté de l'âge tranquille, accepté, assumé. Je n'ai pas imaginé une seconde hâter sa fin. Qui sait, un jour je viendrais peut-être lui faire la proposition du film avec Redford et Fonda.

Chapitre 23

Il y a deux livres que je n'aurais jamais dû lire la nuit : *Le festin nu* de William Burroughs et *La disparition* de Georges Perec.

J'ai découvert un jour dans le journal que Polyphonix, l'association de l'artiste Jean-Jacques Lebel, invitait un petit groupe de poètes français à faire des lectures croisées avec des poètes américains de la Beat Generation à San Francisco et à New York. Ça m'a intrigué et j'ai lu leurs œuvres qui commençaient à être traduites en français à l'époque.

Autant *Howl* d'Allen Ginsberg m'a littéralement emballé, autant le récit ou roman de son aîné William Burroughs, *Le festin nu,* m'a mis hors de moi. Mentalement. Physiquement. Émotionnellement.

J'ai passé après l'avoir refermé une des nuits les plus agitées de ma vie. Comme si j'avais avalé toutes les drogues des personnages de Burroughs. Aujourd'hui encore, quand j'y repense, mes nerfs s'échauffent. À sa mort en

1997, par une belle nuit du mois d'août, j'ai eu une pensée pour lui. Sa silhouette frêle, son élégance de petit fonctionnaire me l'avaient rendu très sympathique. Impossible d'imaginer derrière, me suis-je dit, la violence et la force qui avaient produit ce récit volcanique. Je n'ai jamais pu relire ne serait-ce qu'une page de ce fameux festin, qui a donné son nom depuis à un restaurant de tapas à Paris.

C'est un ami marocain qui m'a parlé le premier du livre de Perec *La disparition* en me disant (il ne l'avait pas lu) qu'il racontait l'histoire de l'enlèvement puis de la disparition du leader de gauche Mehdi Ben Barka. Je me suis précipité sur le livre et voilà que je découvre que la voyelle « e » n'y figure pas, qu'elle a comme totalement disparu de la langue française. Perec avait réussi à écrire un livre entier sans jamais utiliser le « e ». En le lisant, j'ai senti monter en moi une sorte de nervosité violente qui me mettait dans un état de quasi-folie. Mon but était de tomber ne serait-ce qu'une fois sur une coquille, un mot, un verbe utilisant le « e ». Plus j'avançais dans la lecture, plus je perdais mes moyens. Je criais. Je hurlais. J'insultais Perec alors qu'a priori je l'aimais bien. Je le traitais de malade parce que je devenais malade en poursuivant la lecture de son livre. Le sang m'est monté aux tempes, ma tête était bouillante. J'ai eu très peur. Je me suis précipité dans la salle de bains, le livre à la main, et j'ai passé ma tête sous une douche glacée. Ma tête a refroidi d'un coup mais le livre tout mouillé n'était plus en état d'être lu. Il était cinq heures du matin.

Je me regarde dans la glace, je ne reconnais pas l'image que me renvoie le miroir. Un type blême qui a pris quelques années en une seule nuit, quelqu'un qui ne me ressemble pas. Une voix me dit : « Tu vois ce qui t'arrive quand ta tête ne se vide pas. » Ah, si seulement j'avais le mode d'emploi pour la vider ! Comment font les autres ? La mienne résiste. Par habitude. Elle ne renonce jamais et me laisse sur le carreau comme cette nuit où le bon Perec s'est joué de mon obstination.

Mais il y a pire encore, le film intitulé *Un jour sans fin* où jouent l'excellent Bill Murray et la délicieuse Andie MacDowell. Il raconte l'éternel retour de la même journée, le 2 février, Journée de la marmotte dans une petite ville américaine. En le regardant, je me suis amusé sans penser un instant qu'il allait hanter ma nuit. J'étais devenu Phil Connors, le journaliste qui présente la météo, obligé de répéter pour toujours les mêmes faits et gestes accomplis en ce 2 février sous la neige. À la différence près que lui, Andie MacDowell lui tombait dans les bras, alors que moi je n'avais qu'une nuit agitée où tout revenait comme dans une immense roue.

Un livre, un seul, a eu le pouvoir durant des années de me faire dormir. Je veux tout de même lui rendre ici l'hommage qu'il mérite. Il s'agit des *Gommes* d'Alain Robbe-Grillet. Dès la première page, je m'ennuie. L'histoire de l'assassinat de M. Dupont a lieu sans vraiment avoir eu lieu. Après quelques pages je m'égare déjà. Je reviens en arrière pour m'y retrouver, et au bout d'une vingtaine de minutes, systématiquement, l'ennui provoque le sommeil. Certes pas toujours de bonne qualité, car les situations du roman se mêlent à mes rêves et font du désordre. Un jour, dans un festival de cinéma, j'ai osé le raconter à Robbe-Grillet, il a éclaté de rire et m'a dit : « C'est la preuve que mon roman est bon, il sert à quelque chose ! »

Chapitre 24

Tony me manquait. Sa mort ne m'avait rien rapporté sur le plan du sommeil, en revanche elle avait donné un coup de fouet magnifique à ma libido. J'étais toujours rempli de désir mais je ne savais vers où le diriger. L'insomnie m'isolait et je fréquentais peu de femmes ces derniers temps.

Un soir, excité et un peu gêné, je me suis mis à feuilleter mon vieil agenda et j'ai essayé d'appeler d'anciennes maîtresses. Au premier numéro, je suis tombé sur une dame qui m'a insulté en criant : « Vous n'avez pas honte ni pitié d'une mère qui a perdu sa fille ? » J'ai eu beau m'excuser, elle hurlait sans s'arrêter.

Échaudé, j'ai donné le coup de fil suivant en recouvrant le combiné d'un mouchoir. Ma voix devait être méconnaissable. Hanane a décroché. Dès ses premiers mots, tout m'est revenu, sa longue chevelure qui lui couvrait tout le dos, ses petits seins, sa bouche gourmande… Elle m'avait quitté un jour pour se marier avec un musicien, mais qu'est-ce que j'avais pu l'aimer !

Malgré mon subterfuge, elle m'a reconnu tout de suite et m'a avoué combien je lui manquais. Son mari l'avait abandonnée parce que, à ses yeux, elle travaillait trop au ministère du Tourisme et de l'Artisanat où elle avait un bon poste. Elle n'était de surcroît pas arrivée à tomber enceinte, ce pour quoi il lui en voulait. J'étais content de la retrouver.

Elle est arrivée chez moi au moment du dîner. J'avais préparé des pâtes aux crevettes et ouvert une bonne bouteille de vin. Ça a été agréable tout de suite. Elle savait pourquoi elle était là et n'est pas revenue sur notre histoire. Elle était disponible, douce et apparemment heureuse. En faisant l'amour, elle m'a avoué qu'elle n'avait pas couché avec un homme depuis plus d'un an. En mon for intérieur, je remerciais Tony de m'avoir cédé ses points crédits libido. Elle était étonnée par mon énergie. Évidemment je ne lui ai pas dévoilé mon secret. Ne connaissant pas la quantité exacte des points hérités de Tony, une brusque panne n'était pas à exclure. Qu'aurais-je dit alors ?

Hanane a dormi dans mes bras. J'ai redouté que sa présence ne trouble mon sommeil, mais cela n'a pas été le cas. Le matin, elle a préparé le petit déjeuner et en s'en allant a lâché : « On ne va pas attendre dix ans pour se revoir, j'espère ! »

J'ai regardé la nuit suivante un reportage sur la raie manta, cet immense poisson plat, qui se déplace de façon gracieuse et rassurante et qui vit en Polynésie. Dès qu'elles entendent un bruit agressif, les chocs d'une construction ou d'une démolition, elles s'en vont ailleurs, là où règnent le silence et la tranquillité. Elles sont très sensibles malgré leur dimension énorme. En fait, elles fuient le stress et l'agitation.

Moi qui ne savais pas nager, je me suis mis à rêver de faire de la plongée sous-marine et de voir passer sous mes yeux ces animaux à la sérénité absolue et pacifique. Les regarder s'allier avec d'autres jusqu'à former un cercle et exécuter une danse magnifique à la manière de Matisse. Un tel spectacle me donnerait paix et sommeil à tout jamais, j'en étais certain.

Harrouch, mon producteur mégalomane, m'a appelé ce matin. Il avait les financements pour le film, mais il fallait changer beaucoup de choses dans le scénario, faire de l'insomniaque un vrai tueur en série, pervers et malade mental. La Mafia aurait recours à ses services, d'autant plus qu'il est inconnu de la police. Ce ne serait plus un film sur l'homme qui hâte la mort des gens pour pouvoir dormir, mais ça deviendrait l'histoire d'un maniaque qui tue pour le plaisir et éventuellement s'endort tranquillement après son crime.

Je l'ai écouté sans chercher à l'interrompre ni à lui répondre. Qu'il se débrouille, peu m'importait la suite, puisqu'il m'avait payé mon travail. Autour du cinéma rôdent pas mal de margoulins. J'ai appris à ne pas les taquiner.

Chapitre 25

Je ne sais pas comment Hamdane a surgi dans ma vie. On aurait dit que c'était le fantôme de Tony. Il sortait tout droit d'une histoire à suspense, peut-être d'un scénario inachevé. Il s'est présenté un matin comme si nous avions rendez-vous. Il m'a dit qu'il était là pour le job. Quel job ? Ce mot ne faisait pas partie de mon vocabulaire. Je lui ai demandé de s'expliquer. Il était surpris par ma question.

« Mais enfin, c'est vous qui m'avez appelé il y a une semaine pour que je vous mette en contact avec des personnes en fin de vie. Je suis infirmier, je suis même infirmier en chef, j'ai du pouvoir, je suis respecté. Je travaille dans la clinique des gens friqués, je suis au courant de tout ce qui s'y passe. »

J'étais désarçonné. Je n'avais aucun souvenir d'avoir appelé quelqu'un pour m'aider. D'où sortait-il ? Qui pouvait l'avoir envoyé ? La police ? On cherchait peut-être à me piéger. Je m'étais toujours douté que tôt ou tard je serais découvert et devrais payer. Payer pour avoir aidé des personnes en fin de vie à partir en paix ? C'est ce que je dirais si on m'interrogeait. Pourvu seulement que je ne tombe pas sur un islamiste qui voudrait me punir d'avoir contrarié la volonté de Dieu…

« Vous faites erreur. Je ne vous ai jamais téléphoné, et je ne comprends rien à vos histoires.

— Allez, allez, je suis le demi-frère de votre ami, celui qui se faisait appeler Tony. Je sais, il est mort, mais il a eu le temps de me parler de votre collaboration. Je suis mandaté par lui pour poursuivre le travail. Je suis assez disponible en ce moment et prêt à vous rendre service. Sachez que je suis une tombe. Pas un mot, pas un signe, rien, personne n'en saura rien, vous pouvez me faire confiance, j'ai juré à Tony d'accomplir la mission qu'il m'a confiée. »

J'étais toujours méfiant. Alors il a sorti un petit carnet. Tony avait le même. Il s'est mis à me citer les noms des gens dont nous avions Tony et moi abrégé la vie. Il m'a parlé ensuite des points crédits sommeil. Il disait des PCS. J'ai fait semblant de ne pas comprendre. Il m'a expliqué avec maints détails sa façon de voir les choses :

« Je suis là pour vous aider. Je ne veux pas d'argent, juste me procurer des émotions, avoir le sentiment de faire quelque chose qui sort de l'ordinaire. Et puis je suis de l'avis de ces associations en Europe qui militent pour la mort dans la dignité. Ici, on ne peut même pas en causer, alors on fait les choses sans les nommer ni en parler autour de nous. »

Je lui ai demandé de s'asseoir et d'enlever sa cravate qui lui donnait un air endimanché. Il l'avait mise pour moi.

« Monsieur Hamdane, on va jouer cartes sur table. Montrez-moi vos papiers et donnez-moi des preuves que vous êtes bien le demi-frère de Tony. »

Il s'est mis à l'aise, a souri, puis a sorti de sa poche un paquet de photos de lui avec Tony. Il m'a donné aussi sa carte d'identité, son permis, sa carte de fidélité au supermarché Marjane, et enfin m'a montré une photo d'une femme et m'a dit :

« Ça, c'est mon genre. Je les aime mûres et généreuses, avec de la chair et de la bonté, avec de la santé et de la fantaisie. »

J'étais abasourdi par ce qu'il semblait me demander en contrepartie de ses services. C'est alors qu'il s'est levé et m'a dit :

« Il faut y aller maintenant, l'ancien gouverneur de la zone franche est en train de mourir. C'est un cousin de Hassan II, un cousin lointain et très riche paraît-il, je pense que sa mort vous rapportera pas mal de PCS. »

Je lui ai demandé de me donner un peu de temps, j'avais besoin de réfléchir. Il a pris un air contrarié et a grommelé :

« Bien, bien, je reviendrai en fin de journée. Mais c'est aujourd'hui ou jamais, compris ? »

Seul de nouveau, je me suis rappelé combien

j'avais mal dormi la nuit précédente. Signe que mes PCS, comme il disait, étaient insuffisants. Je me suis mis à les compter et me suis trompé plusieurs fois. Énervé, j'ai abandonné. Je tergiversais. Ce type ne m'avait-il pas apporté assez de preuves pour que je lui fasse confiance ? En même temps, je n'aimais pas partager mon secret. Et puis, il allait falloir lui trouver des femmes mûres et je ne savais pas comment faire...

Vers dix-neuf heures, il a sonné à ma porte. Il m'a tendu une fiche : le compte rendu de santé de l'ancien gouverneur. Le chiffre cent s'est affiché dans ma tête. Cent nuits de bon sommeil. Ça valait la peine.

Et me revoilà, comme à l'époque de Tony, en train de traquer les derniers moments de quelques mourants. L'ancien gouverneur était hospitalisé dans une superbe clinique à la sortie de Tanger. En arrivant, j'ai remarqué que Hamdane était non seulement connu mais respecté. On nous a laissé le passage. Je l'ai suivi tout en restant sur mes gardes, je n'arrivais pas encore à m'habituer à cet homme sorti de nulle part. Quand j'ai vu deux gendarmes en armes devant la porte de la chambre où reposait le mourant, j'ai ralenti le pas. Hamdane m'a tiré par le bras pour me faire avancer et m'a présenté tranquillement aux deux hommes, qui étaient en fait ses gardes du corps :

« C'est le docteur Wanniche, un vieil ami de monsieur le gouverneur. Il tient à lui rendre visite, peut-être pour la dernière fois. »

Ils m'ont salué avec respect et je me suis retrouvé dans la chambre. La pâleur effrayante du gouverneur m'a fait frémir. Hamdane était impressionné lui aussi. Il fallait faire vite. J'ai sorti mon chapelet et me suis mis à réciter une sourate du Coran. Hamdane m'a laissé et est allé bavarder avec les gardes pour faire diversion. Quand j'ai posé mes doigts sur la jugulaire du mourant, j'ai compris que sa fin était imminente. Avec une boule de coton, je l'ai étouffé. Quand il a poussé son dernier râle, j'ai appelé Hamdane et les deux hommes, et j'ai dit, l'air pénétré :

« Dire que le destin a voulu que j'assiste à sa mort, lui qui était un si bon vivant ! Que de soirées superbes avons-nous passées ensemble à réciter le Coran et à prier pour nos âmes ! C'était un homme de bien, sa foi était inébranlable, sa générosité, sa bonté... Quelle perte immense pour nous tous ! »

J'ai essuyé une larme et j'ai demandé à Hamdane de me raccompagner jusqu'à la sortie, j'avais peur de me perdre.

En me quittant, il s'est penché sur moi et m'a murmuré :

« Femme mariée, mûre, à cinq heures ! »

Que faire ? Si je ne lui obéissais pas, était-il capable de me dénoncer ? Il fallait que je trouve moi aussi un moyen de pression, au cas où il deviendrait trop dangereux. Quel était son point faible ? Les femmes mûres, mais encore...

En attendant, mieux valait appeler au plus vite Azizo, le proxénète toutes catégories. Il n'a pas mis longtemps à décrocher.

« Azizo, j'ai besoin pour cinq heures d'une femme mûre d'une cinquantaine d'années.

— Qu'est-ce qui t'arrive ? Tu t'intéresses aux vieilles ?

— C'est pas pour moi, c'est pour un gars qui n'aime que ce genre de femmes. J'ai une dette envers lui. »

Azizo a consulté sa tablette, puis a éclaté de rire.

« J'ai ce qu'il te faut, une bourgeoise bien en chair, en plus elle adore la chose. »

J'ai pris l'adresse, ai salué Azizo, rappelé Hamdane pour lui donner les indications et me suis concentré sur mes derniers PCS acquis. J'ai fait aussitôt un petit somme.

C'est Hamdane qui m'a réveillé, hilare, il criait au téléphone : « Elle était superbe, parfumée, propre, avec de la fesse, de la bonne et grosse fesse ! Je me suis régalé, merci. Je vous appelle dès que j'ai un client pour vous. »

La mort du gouverneur avait été généreuse avec moi. Non seulement je dormais bien mais je dormais trop. Dans la journée j'avais l'impression d'être encore plein de sommeil. J'avais beau prendre des cafés corsés, mon envie de retourner au lit restait forte. Les PCS avaient sur moi des effets secondaires inattendus et jusqu'ici inconnus.

Pour équilibrer un peu les choses, j'ai décidé d'inverser mon stratagème. J'allais tout faire pour sauver des vies. Si par exemple j'arrivais à faire en sorte qu'un patient soit pris en charge à temps et que les médecins s'occupent sérieusement de son état, je gagnerais sur tous les tableaux. J'aurais à la fois aidé un malade qui risquait d'être laissé sans soins, et dégraissé mes PCS en en faisant tomber le surplus de sommeil. Je ne voyais pas pourquoi je n'arriverais pas à les amadouer, ces PCS, les rendre rationnels, justes, efficaces.

Pour savoir si ça marchait, il fallait essayer. J'ai appelé Hamdane et lui ai demandé de me mettre en contact avec un ou deux médecins susceptibles de faire du zèle en soignant de vrais nécessiteux. Je suis passé ensuite à la banque et j'ai retiré vingt mille dirhams que j'ai répartis dans deux enveloppes. Cet argent serait comptabilisé comme frais exceptionnels. J'avais assez d'économies pour me permettre quelques faux frais.

Dans la salle d'attente des urgences, j'ai repéré un jeune paysan victime d'un accident de la route. Il avait voulu traverser une route nationale mais avait mal calculé la vitesse du camion qui l'avait renversé. Un paysan à l'hôpital ! Personne ne s'en souciait. Il avait reçu les premiers soins et il attendait, voué à mourir : sa condition de pauvre et d'analphabète suscitait l'indifférence.

J'ai prétendu que j'étais son oncle et j'ai demandé à voir le chirurgien de garde que m'avait indiqué Hamdane. Pendant que je lui exposais la situation dramatique de mon « neveu », j'ai posé mon enveloppe à quelques centimètres de sa main, laquelle, discrète mais ferme s'en est emparée. Les autres dix mille dirhams, je les ai donnés à deux infirmières pour le suivi après l'intervention.

Je suis resté à l'hôpital jusqu'à la fin de la journée. J'ai passé un moment au chevet du jeune paysan qui, apparemment, était sauvé. Il me regardait, se demandant qui je pouvais bien être. Le médecin lui avait dit : « Je te laisse avec ton oncle qui a été très généreux et t'a sauvé la vie. » J'ai hoché la tête tout en lui serrant la main. J'espérais qu'un flux passerait de lui à moi, qui allait régulariser mon sommeil. Lui aussi serrait ma main, il avait compris que je l'avais aidé. En partant, j'ai consulté sa fiche. Il s'appelait Hamza et avait vingt ans.

Le soir, j'ai dormi normalement. Mon réveil a été doux et paisible. Après mon café, j'ai senti que j'étais bon pour me mettre au travail. On venait de me commander le scénario d'une série qui racontait l'histoire d'un corps trouvé à la frontière algéro-marocaine. L'enquête exigeait la collaboration des polices des deux pays, lesquelles se détestaient. Et, pour compliquer les choses, la victime avait une mère algérienne et un père marocain… La série commençait sur la dispute entre les deux polices, qui s'étendait petit à petit jusqu'aux ministres de l'Intérieur. On était au bord du déclenchement d'une affaire d'État entre les deux « frères ennemis ». Mon idée était d'écrire un scénario comique. J'ai dû y renoncer. Comme toutes les polices du monde, la maghrébine n'a aucun sens de l'humour.

Chapitre 26

Alors que ma hantise d'être découvert devenait obsessionnelle, j'ai reçu un matin un étrange appel téléphonique. Une voix posée et assez grave me parlait comme si nous étions de vieux amis :

« J'aurais besoin de vos services…

— Pas avant six mois, je suis en train d'écrire le scénario assez délicat d'une série mi-policière, mi-politique… Je n'ai pas le temps de faire autre chose…

— Vous vous méprenez, cher ami. Il ne s'agit pas de cinéma, mais de votre intervention pour un travail autrement plus complexe que l'écriture d'un film. »

J'ai eu froid dans le dos. Comment quelqu'un pouvait-il être au courant de mes activités parallèles ? J'ai aussitôt pensé à Hamdane, le seul à en être informé…

J'ai raccroché. Le type m'a rappelé aussitôt.

« Je suis en bas de chez vous, je vais monter, le code c'est bien le… »

Il était déjà derrière la porte, sonnait en insistant. Je n'ai pas eu d'autre choix que de lui ouvrir. C'était un petit mec. Il s'est présenté très vite, il était argentin et professeur de musique depuis dix ans ici. Il m'a tout de suite mis le marché entre les mains :

« Voilà, nous sommes un groupe d'amis, tous retraités, nous avons créé un petit club de fumeurs de cigares cubains, nous nous réunissons une fois par semaine, pour discuter de tout et de rien, ça nous occupe. Tout allait bien jusqu'au jour où Amadéo nous a amené Joachim, un ami à lui de passage au Maroc. Tout de suite nous ne l'avons pas aimé. Il dégageait quelque chose de négatif, je ne saurais comment le décrire, disons de l'ennui, mais de l'ennui lourd, pesant, contagieux, insupportable. Nous l'avons d'ailleurs surnommé l'Ennui. Il n'est pas méchant, il n'est pas mauvais, mais sa seule présence nous met mal à l'aise, elle dégage un sentiment pire que la lassitude, une sorte de mort lente et inexorable. Ça ne peut plus durer. On a essayé de le dissuader de venir à nos réunions, mais il est toujours là, avant tout le monde. Il ne fume pas, mais il aime nous voir fumer et respirer notre fumée. C'est tout ce qu'il sait nous répondre quand on lui dit d'aller voir ailleurs. »

Pendant qu'il me parlait, j'essayais de savoir comment l'Argentin était remonté jusqu'à moi. Il se réclamait lui aussi de Tony et m'a montré des photos et des lettres. Quel bavard ce Tony, combien de gens avait-il pu mettre au parfum ?

« Je sais très bien que vous n'êtes pas un assassin, que ce que vous faites est courageux, que vous aidez des vieilles personnes à s'en aller dans le calme et la dignité. Et je dois bien avouer que notre Joachim n'est ni malade ni très vieux. Mais il faut que vous nous aidiez. On n'en peut plus…

— Mais vous n'êtes pas obligés de le tuer, il y a bien d'autres moyens…

— Parce que vous seriez capable de le rendre vif, sympathique et léger ? J'ai oublié de vous dire qu'il pèse une tonne, pas son corps, mais sa présence pèse une tonne et cela nous écrase et bousille toutes nos rencontres… »

Je lui ai proposé, moyennant quelques finances, de lui chercher une femme qui le rendrait à n'en point douter plus fréquentable.

« Hélas ! Joachim est homosexuel et n'a jamais réussi à garder un homme. »

Est-ce qu'Azizo pourrait encore m'aider sur ce coup ? Après tout, il connaissait bien quelques hommes qui allaient avec d'autres hommes. Ça méritait que je lui demande… Mais mon visiteur était radical :

« Nous avons tout tenté, rien ne marche. Il est toujours là, silencieux, sa queue-de-cheval grise bien peignée, sa barbe teinte poivre et sel et ses yeux profonds réclamant quelque chose d'incompréhensible. Il vient à tous nos dîners et nous emmerde parce qu'il est végan, en plus. Il ne mange que certains légumes, aucun produit issu des animaux. Imaginez donc : à cause des abeilles, il ne touche pas même au miel et ne porte pas non plus de chaussures en cuir, vous voyez pourquoi… Il faut nous en débarrasser, voici une avance, le reste après la disparition. »

J'ai refusé de prendre l'enveloppe, prétextant que j'allais étudier l'affaire et que je le recontacterais prochainement. J'avais exclu l'idée de le tuer. Il faudrait trouver une autre solution, une sorte d'exil ou un long voyage. J'ai eu l'idée d'envoyer Joachim faire une retraite en Inde. Je le mettrais en contact avec le grand gourou Hashem, un disciple du fameux Osho, mort en 1990, qui l'envoûterait et le garderait auprès de lui. Simple question de moyens et de force de persuasion.

Quand j'ai rencontré Joachim, j'ai compris. C'était en effet l'ennui personnifié. Pour le persuader de partir en Inde aux frais de ses amis, j'ai développé devant lui la théorie du végétalisme intégral en lui disant qu'il avait raison et qu'il était en avance sur son temps. Je lui ai parlé d'Osho, dont il connaissait déjà l'existence et la réputation.

Ce qui est facile avec les gens très ennuyeux, c'est que leur mode de fonctionnement est très limité et qu'on le devine assez aisément. Au bout d'une semaine, Joachim était prêt pour le grand départ.

Lorsque l'ami de Tony est revenu me voir, il m'a remercié et m'a dit que, tout compte fait, si je l'avais éliminé, Joachim aurait risqué de leur manquer. Ma solution était très raisonnable. Il a voulu me payer, j'ai refusé et lui ai demandé de garder cela entre nous, un secret absolu.

Chapitre 27

Durant un mois je n'ai plus eu de nouvelles de Hamdane. Et puis, un matin, il a surgi en me disant, comme l'autre fois, de me dépêcher.

« Tu sais, Momo, le fameux chanteur juif que tous les Marocains adorent, surtout les Marocaines. Momo, tu vois pas ? Il a été admis hier à la clinique dans un état grave, il a plus de quatre-vingts ans… Il est riche et célèbre mais il est juif. »

Je l'ai arrêté tout de suite.

« Mais de quoi tu parles ? Je n'ai jamais fait la différence entre un juif et un musulman. »

Hamdane m'a regardé d'un air hautain :

« Peut-être que les juifs ne te posent pas de problème, mais à moi, si. Plein de problèmes, même. Allons rendre service à un chanteur qui se meurt… »

Il y avait foule devant la clinique, des dizaines de personnes, surtout des femmes.

Dans le grand hall, Hamdane a parlé avec deux médecins. Je ne sais pas ce qu'il leur a dit, mais deux minutes plus tard il m'a fait signe de le suivre.

Dans sa chambre, Momo dormait profondément. Hamdane m'a précisé qu'il était dans le coma.

« Ça peut durer des mois, m'ont dit les médecins. Il a fait un AVC, puis est tombé dans le coma. Plus rien à faire. »

Hamdane s'est éclipsé. Tout d'un coup le chiffre mille s'est affiché dans ma tête. Mille nuits ? Mille PCS ? Mille jours de prison ? Je ne savais quoi penser.

Au fond, hâter la mort d'un chanteur populaire me déplaisait profondément. Ça pouvait de plus être interprété comme un acte antisémite, et ça me déplaisait encore plus. J'ai donc décidé de laisser le brave Momo se débrouiller tout seul et suis sorti de sa chambre. Après tout, il se remettrait peut-être.

En rentrant chez moi, j'ai introduit un CD dans ma platine et, très concentré, j'ai écouté Momo chanter son amour fou pour une gazelle douée de magie. Évidemment, pas de PCS, puisque j'avais renoncé à précipiter la mort de ce pauvre homme. Vers vingt heures, j'ai informé Hamdane de ma décision. Il était déçu.

Il faut dire qu'on a frôlé la catastrophe. Momo est bel et bien sorti du coma quelques jours plus tard. Pour me tranquilliser, je suis allé lui rendre visite à la clinique avec Hamdane qui nous a présentés et qui nous a pris en photo. Il m'a serré dans ses bras, je l'ai remercié pour les belles chansons qu'il avait composées pour le plus grand bonheur du peuple marocain. Ne serait-ce que pour ça, j'ai prié pour son rétablissement. J'y suis même retourné plusieurs fois, lui apportant à chaque fois des petits présents. Il était gourmand et adorait les crêpes traditionnelles fourrées de viande confite dont nous nous sommes empiffrés, en buvant le thé que sa femme lui préparait. À chaque fois que je le voyais, je remerciais intérieurement mon intuition de ne pas l'avoir sacrifié pour mon besoin de sommeil et maudissais Hamdane pour le risque qu'il m'avait fait courir.

Dans les jours qui ont suivi, j'ai reçu un coup de téléphone d'Azizo, hilare :

« J'ai ce qu'il faut pour ton ami infirmier. Un homme marié, cinquante-deux ans, gras et généreux, qui aime se déguiser en femme.

Je me suis mis à rire moi aussi. Je voyais très bien Hamdane avec un travesti. Il était du genre à ne pas se contenter d'une sexualité banale et classique. Il avait des tics et j'avais remarqué qu'il regardait avec appétit aussi bien les femmes que les hommes. Je ne lui ai pas précisé à qui il aurait affaire, ravi du tour que je lui jouais. Azizo a calé le rendez-vous pour l'après-midi même.

Une semaine a filé sans que j'aie de nouvelles de Hamdane et j'ai commencé à m'inquiéter. En fait pour rien, il m'a appelé le week-end, très excité. Il n'en finissait plus de me remercier

— grâce à moi, il avait enfin trouvé son bonheur. J'ai compris par diverses allusions qu'ils s'étaient vus souvent, toujours à dix-sept heures, et qu'ils s'étaient littéralement trouvés. Azizo, que j'ai appelé juste après, m'a appris que leur relation était passionnelle, voire orageuse. Je n'ai pas voulu en savoir plus, laissant l'infirmier satisfaire ses fantasmes. Après tout, plus il s'éloignait de moi, plus j'étais rassuré.

Mais un mois jour pour jour après, un samedi matin, la police est venue frapper chez moi. C'était la première fois que ça m'arrivait. Je suis resté calme. J'ai réfléchi. Je n'en étais pas à mon premier mort, certes, mais jamais on ne m'avait soupçonné. Mon dernier forfait remontait à plus de trois mois au moins. Alors que me voulaient les deux hommes en uniforme à qui j'ai ouvert, l'un d'une maigreur maladive, l'autre arborant un gros ventre ?

« C'est vous qui avez présenté Monsieur le procureur à l'infirmier-chef Hamdane Belamre ?

— Je ne connais pas de procureur. Mais Hamdane oui, c'est un ami, plus exactement le demi-frère d'un ami, lequel n'est plus de ce monde. Il a laissé un grand vide dans la vie de tous ceux qui l'ont connu. Si vous l'aviez connu, ai-je enchaîné, vous comprendriez mieux ce vide dont je parle…

— Suffit, a grommelé le plus mince, arrêtez votre baratin. »

Ils m'ont tendu la photo d'un travesti habillé

d'un caftan brodé d'or, une perruque blonde sur la tête et exagérément maquillé.

« Vous le reconnaissez ?

— Non, je ne connais pas cette personne.

— Cette personne, comme vous dites, vient d'être arrêtée, elle est accusée d'avoir tué votre ami infirmier chez qui on a trouvé un carnet d'adresses où vous figurez. Sur son téléphone, il y a aussi un selfie avec vous, pris la semaine dernière devant une des cliniques où il travaillait. »

Je me souvenais bien de cette photo. Juste avant d'aller revoir Momo, il s'était posté devant l'entrée et nous avait pris tous les deux en photo. Mon faux air calme s'est transformé d'un coup en pure sérénité. Hamdane venait d'être éliminé. Je me sentais tellement soulagé. Plus de témoin, plus de pression.

J'ai donné avec son accord le contact d'Azizo à la police. Il n'a pas fait d'histoires et leur a fourni toutes les informations dont il disposait. Il ne savait pas du tout que celui qui se faisait appeler Jawhara était un magistrat important. De temps en temps, il lui amenait un client, souvent pour des partouses… Les policiers ont commencé à trouver Azizo très bavard, même trop. Ils lui ont demandé de la boucler et de ne parler à personne de cette affaire. Les deux agents l'ont même menacé de le mettre en prison s'il évoquait cette histoire publiquement. Azizo, pas très courageux, a juré de se taire. Il tremblait de peur.

Quinze jours plus tard, le grand magistrat est mort brutalement d'une crise cardiaque. Rongé par la culpabilité, sûrement. Tous les journaux vantaient en une un homme juste et humain, d'une intégrité morale remarquable. Il avait servi le pays avec passion et il manquerait terriblement à la justice marocaine. Ses funérailles ont été grandioses. Personne n'y a parlé bien sûr de l'autre face de cette haute personnalité, et encore moins des raisons pour lesquelles son cœur avait lâché…

Le soir des obsèques, les deux policiers sont revenus me voir. Ils voulaient savoir quelle relation j'avais avec Azizo et s'assurer que moi non plus je ne parlerais jamais.

« Je suis scénariste, j'écris pour le cinéma, et pour ça j'ai besoin de fréquenter tout le monde et surtout des gens pas toujours convenables. Azizo est pour moi une mine d'informations sur notre société. Pour les scénaristes, les romanciers et aussi pour les sociologues, il est irremplaçable. Il connaît tous les travers, les secrets, les mystères de gens simples comme très haut placés dans la hiérarchie sociale. Vous savez, la sexualité est plus qu'un indice de la complexité humaine, c'est le symptôme de choses qu'on veut dissimuler. Il m'a été présenté par le demi-frère de la victime. C'était il y a très longtemps, je venais de rentrer de l'étranger où je faisais mes études de cinéma. Un jour, j'écrirai un scénario sur ce type, il est passionnant quand il accepte de se confier. Il a été lui-même prostitué tout en étant coiffeur pour dames. Il sait de quoi il parle. »

L'un des deux policiers, le maigre, s'est penché sur moi, faisant mine de gratter mon front avec son doigt. J'ai reculé. Il a recommencé. Puis, comme s'il était inquiet pour ma santé, il m'a dit :

« C'est quoi cette tache blanche, on dirait que votre peau a perdu sa couleur normale. »

Son collègue a ajouté :

« C'est la maladie des vaches hollandaises, non ?

— Pourquoi hollandaises ?

— Parce qu'elles sont grasses et stupides », a dit le plus costaud pour rire.

Je me suis précipité à la salle de bains, je ne comprenais pas d'où pouvait venir la tache. J'ai enlevé ma chemise et j'ai découvert que mon torse était parsemé de ces marques étranges.

« Ça ce n'est pas une maladie, c'est… comme vous avez dit tout à l'heure pour le sexe, c'est… un symptôme ! a déclaré le maigre dans mon dos.

— Un symptôme, mais un symptôme de quoi ?

— Je ne suis pas médecin, mais mon petit doigt me dit que ce n'est pas simple. Bon, on vous laisse. Si vous avez d'autres informations, passez nous voir, on pourra vous offrir un bon café, on a maintenant des machines pour. Et on a même du lait importé de Hollande, tiens ! »

Une fois les policiers partis, je me suis mis à me gratter partout. J'étais dans un état de grande nervosité. Je me suis déshabillé totalement et me suis regardé dans le miroir : je ressemblais à une vache, peut-être pas hollandaise, mais j'avais une peau de vache.

Le médecin que j'ai consulté et qui m'avait pris en urgence était incapable de me dire d'où venaient ces taches. Il m'a parlé de « vitiligo », et dans ma panique j'ai entendu *Vertigo*, le film à suspense d'Hitchcock. Ça a renforcé ma frayeur.

Le médecin m'a conseillé de surveiller surtout mon hygiène de vie. Pas de cigarettes, pas d'alcool, pas d'excès. Il me rappelait le Dr Knock. Je lui ai demandé :

« Le soir, juste un bouillon, pas plus, c'est ça ? »

Il n'a pas compris l'allusion. Alors je me suis mis à imiter Louis Jouvet. Il n'a toujours pas ri. Il devait penser que j'étais en train de perdre la tête, et de me moquer de lui.

Chapitre 28

J'avais besoin d'y voir clair. Cette maladie de la peau était-elle liée ou non à mes PCS ? Les taches étaient apparues d'un coup, sans prévenir, vraisemblablement lors de la dernière visite des policiers. Heureusement qu'en dehors du front, mon visage n'était pas touché. Mais rien ne me garantissait que cela ne se répandrait pas sur toute ma peau. C'était nerveux. Je devais me calmer. J'exagérais probablement.

Peut-être que certaines personnes dont j'avais hâté la mort n'étaient pas vraiment en train de mourir ? Peut-être que j'avais profité de leur faiblesse et les avais envoyées plus tôt que prévu au cimetière ? À l'époque où Tony et moi nous activions beaucoup, je m'étais laissé prendre à son jeu. La vie, la mort n'avaient plus de sens. J'étais prêt à tout pour m'assurer de bonnes nuits de sommeil…

Allez, allez, j'étais en train de me raconter des histoires. Des histoires à dormir… debout. Non, pas debout, juste sur un lit dur et confortable en même temps. Étais-je allé vraiment trop loin ? Comment savoir ?

L'enterrement de Hamdane a dû être retardé pour pratiquer une autopsie. J'ai été de nouveau convoqué par la police. Dans la salle d'attente, je me suis retrouvé nez à nez avec Azizo. Il était très inquiet et ne savait pas ce qu'on lui voulait encore.

À la morgue, où j'ai été conduit sans Azizo, on m'a demandé de reconnaître le corps de Hamdane. Apparemment personne n'était venu le réclamer. Quand tout a été fini, j'ai posé ma main sur ses yeux restés ouverts. J'ai senti alors quelque chose se réveiller en moi. Comme celle de Tony, sa mort me transmettait ses crédits libido. Moi qui n'avais pourtant jamais éprouvé jusque-là d'attirance pour les femmes mûres, j'en avais maintenant une envie débordante. Sans avoir rien demandé, j'héritais d'une partie des désirs et des manies de ce drôle d'infirmier qui était soudainement apparu dans ma vie, comme un fantôme dans un film d'horreur italien.

En rentrant le soir chez moi, longeant les murs de la maison de ma voisine, je me suis rappelé que notre première rencontre n'avait pas eu de suite. Elle rentrait parfaitement dans les critères de Hamdane. J'ai pesé le pour et le contre, et j'ai décidé, ou plutôt ma libido insistante a décidé de frapper à sa porte. J'ai prétexté cette fois une panne électrique et lui ai demandé si elle avait des bougies à me prêter.

On aurait dit qu'elle m'attendait. Vêtue d'une chemise de nuit transparente, elle m'a invité à prendre un verre de thé sans menthe. « Et vous savez pourquoi je ne mets jamais de menthe, m'a-t-elle dit. Parce que la menthe est très mauvaise pour la libido. » J'ai senti mon désir monter et je me voyais déjà en train de lui retirer sa chemise de nuit quand Hamdane s'est emparé de moi. J'agissais sous sa dictée. J'étais Hamdane et j'aimais les femmes d'âge mûr.

Elle ne s'est aperçue de rien. Elle m'a accueilli dans ses bras avec grâce et tendresse, m'a couvert de baisers et m'a demandé de me laisser faire. Elle était experte. Elle haletait, gémissait, me griffait le dos, puis ralentissait pour me reprendre dans sa bouche et me faire encore l'amour.

Non seulement je suis sorti de chez elle comblé et heureux, mais j'ai senti le sommeil s'installer doucement chez moi. Double gain, sexuel et soporifique. J'avais décidé d'en profiter. Un jour ou l'autre, les crédits de Hamdane s'épuiseraient et je ne verrais plus la voisine. C'était une simple question de temps et d'usure.

Chapitre 29

Alors que j'étais en pleine sieste, Harrouch, mon producteur, a surgi chez moi sans s'annoncer. Cela devenait une habitude. Il était agité et parlait à toute vitesse comme s'il avait été envoyé par le big boss d'Hollywood, le fameux Harvey Weinstein :

« L'Amérique ! Oui ! Une grande major américaine a adoré ton scénario ! Ça y est, le film va se faire ! Ils demandent quelques scènes de cul, car dans ton histoire ça ne baise pas assez… De Niro n'a pas le temps, il se concentre sur les projets déjà acceptés… Ils ont pensé à un jeune acteur, Ben Affleck. Il est formidable, il est plus beau que ton personnage, mais c'est un excellent comédien. »

Je l'ai laissé parler, je pensais à autre chose. Ma voisine me réclamait et je ne savais plus vraiment quelle excuse lui donner. Aucune envie de faire l'amour avec elle depuis que la superbe Khadouj, mannequin à New York, avait débarqué et insistait pour me revoir. À l'époque où elle cherchait à entrer dans le métier je l'avais un peu aidée en lui présentant Andrew, un acteur britannique qui adorait les femmes androgynes. J'étais très curieux de savoir ce qu'elle était devenue.

Mais Harrouch était intarissable :

« Bon, il faut que tu reprennes le scénario, tu écris en français, je le ferai traduire, et je l'enverrai illico à Harvey. Finalement Scorsese n'est plus disponible non plus. Ce sera quelqu'un d'autre, mais ça sera aussi bien. Fais vite, c'est la chance de ta vie ! La chance de ta vie ! »

Quand il a quitté la maison, les murs et les tables ont pu enfin cesser de trembler et se reposer un peu. C'est fou comme certaines personnes dégagent une sorte d'électricité négative et nuisent à l'environnement.

Khadouj avait changé de nom et de look. Elle s'appelait Grace et s'était tatoué une étoile sur le front et deux traits sous le menton, exactement comme faisaient avant les femmes berbères. Elle était toujours très jolie. Elle avait épousé Andrew qui s'était avéré être homosexuel. Il lui interdisait de fréquenter des hommes. Frustrée, elle n'en pouvait plus. Elle vivait un véritable enfer, m'a-t-elle dit, d'autant qu'elle n'avait aucun moyen de se libérer de cet homme.

Je l'ai vue venir et ma machine comptable intérieure a affiché des milliers de PCS. Je l'écoutais sans faire de commentaire. Tout d'un coup elle a éclaté en sanglots :

« Tu sais, il a au moins cinquante ans de plus

que moi, il a des problèmes médicaux. Si tu savais comme je rêve de le voir succomber à un arrêt du cœur. On m'a parlé d'une pilule qui accélère la crise cardiaque…

— Tu es folle ! Tu ne vas pas tuer ton mari ?

— Non, pas le tuer, mais juste avancer la date de sa mort… Il est à l'hôtel, il dort en ce moment, tu veux pas m'accompagner ?… »

Le coup était très risqué. Hâter la mort d'un grand showman était dangereux. Les Anglais ou les Américains ne se contenteraient pas de l'enquête de la police marocaine. Je n'ai rien promis et j'ai attendu de voir la suite.

Quelques jours plus tard, pendant que je faisais des exercices physiques pour me maintenir en forme, j'ai reçu un appel téléphonique de Khadouj, en larmes :

« Viens vite, Andrew est en train de mourir. Je t'en supplie. J'ai appelé les urgences, mais ils n'arrivent pas. Aide-moi, il va mourir… »

Je me suis dit : « Là c'est différent. Il a un infarctus, et si les médecins tardent, il va y passer. »

À mon arrivée, il y avait un médecin à son chevet. Quand il m'a vu, il a cru que j'étais de la famille et il m'a signifié que c'était grave. Andrew respirait difficilement. J'ai dit au médecin que j'étais infirmier urgentiste et que je pouvais essayer de prendre le relais pour lui faire des massages cardiaques. Il m'a dit que la crise était survenue en réalité il y a plus d'une heure, et qu'il y avait vraiment très peu d'espoir.

Je n'ai pas insisté. Je me suis retiré, et j'ai laissé le médecin le masser seul. Khadouj pleurait à chaudes larmes.

Andrew a rendu l'âme une heure plus tard dans les bras de Khadouj. Je l'ai consolée autant que j'ai pu. Avant de m'en aller, j'ai posé ma question favorite au médecin : « Avez-vous des insomnies ? — Moi ? m'a-t-il répondu. Il me suffit de poser la tête sur l'oreiller pour dormir mes sept heures sans interruption ! » Décidément…

Le corps a été emmené à la morgue de l'hôpital Avicenne. L'autopsie, exigée par l'ambassadeur anglais, était conforme à un arrêt cardiaque après un infarctus sévère. Il n'avait avalé aucune pilule. Le corps d'Andrew a été rapatrié à son domicile new-yorkais. Khadouj, son épouse légitime, a touché un héritage fabuleux. Depuis, je ne l'ai plus jamais revue.

Chapitre 30

Les jours passaient et je remettais toujours au lendemain l'étude du cas suprême, celui qui résoudrait tous mes problèmes. En attendant un miracle, je me suis mis à préparer un petit livre destiné aux personnes souffrant d'insomnie. C'était Linda, une jeune artiste italienne, qui m'en avait donné l'idée. Elle était divorcée d'un millionnaire marocain qui l'avait aimée puis avait disparu à la suite d'affaires mystérieuses, je l'avais rencontrée par hasard dans une réception.

« Les gens ont besoin de recettes pour vivre. Il n'y a qu'à voir le succès de tous ces gourous qui prétendent nous mettre sur le chemin du bonheur ! C'est de l'escroquerie, mais ça marche. Tout le monde s'est mis à la méditation sans même savoir respirer. Vous devriez démasquer l'insomnie, m'a-t-elle dit quand je lui ai parlé de mes maux, aller à la source de ce qui nous empêche de trouver le sommeil. »

Évidemment, je ne pouvais pas lui révéler ma

méthode, mais nous avons immédiatement sympathisé.

Je l'ai croisée régulièrement dans les mois qui ont suivi. À chaque fois, elle prenait des nouvelles de mon livre, me demandait si j'avançais. J'aimais bien en discuter avec elle, ça m'aidait. Je commençais à me dire qu'il y avait peut-être quelque chose entre elle et moi. Mais un soir, brusquement, notre conversation a changé du tout au tout. Après un curieux silence, elle s'est approchée de moi et, l'air entendu, m'a murmuré à l'oreille :

« Vous savez, parfois il faut savoir se débarrasser de ceux qui nous pourrissent la vie. »

Je lui ai répondu en plaisantant qu'il m'était bien arrivé quelquefois d'imaginer étrangler mes pires ennemis ou de les écraser avec ma vieille auto, mais qu'ils étaient increvables... Ils sont au monde avec pour mission de faire le mal. Mais elle était très sérieuse.

« Vous devriez passer à l'acte, vous verrez, ça vous fera un bien fou !

— Qu'en savez-vous ?

— L'intuition, le nez, le pouvoir invisible du nez ! Je suis sicilienne, près de la terre et des étoiles ! »

Agacé, je l'ai remerciée poliment pour ses conseils et j'ai décidé pour une fois d'aller bavarder avec quelqu'un d'autre.

Un peu plus tard dans la soirée elle est revenue me voir et, très sérieusement, elle m'a proposé de m'associer à un crime croisé comme dans le film d'Hitchcock, *L'inconnu du Nord-Express*. Elle avait la ferme intention de faire liquider son ancien mari et avait besoin de moi.

Assez déstabilisé, je lui ai demandé de me parler un peu plus de lui.

« C'est un big boss, un gros trafiquant… un très gros trafiquant… Il possède des centaines d'hectares dans le Rif, à Tanger et à Tétouan. Il a été initié par des mafieux siciliens, avant que je ne le connaisse. Aujourd'hui il a dû les dépasser et ce sont eux qui travaillent pour lui et non l'inverse. Il a un bateau où il invite des prostituées et des pique-assiettes. Dès que j'ai découvert son vrai visage, il m'a jetée comme un vieux chiffon. Heureusement nous n'avions pas d'enfant. Il m'a fait avorter parce que le médecin lui avait dit que j'attendais une fille, vous imaginez. Depuis, entre nous, c'est une guerre sans merci. Mais j'avoue que je n'ai ni ses moyens ni son cynisme pour lui faire mordre la poussière. Alors, ça vous intéresse ?

— Mais je ne suis pas un assassin et puis, de mon côté, je n'ai personne à tuer.

— Cette personne est devant vous ! »

Je lui ai fait répéter, je n'étais pas sûr d'avoir bien compris.

« Pourquoi voudriez-vous mourir ? Vous n'avez pas l'air désespérée. Et quel intérêt y aurais-je ? Vraiment, oubliez cette histoire de crime croisé, vous faites fausse route.

— Vous avez raison. Je cherche juste quelqu'un pour me débarrasser de mon mari. »

Avant de me quitter, elle m'a donné un bout de papier avec les coordonnées de son ex et le mot « Parkinson » à côté de son nom.

« Il est malade ?

— Oui, mais personne ne le sait. Il cache bien son tremblement, en plus il a une insuffisance cardiaque grave. S'il ne prend pas son médicament, il s'étouffe et peut mourir. »

C'est ainsi qu'à son insu Linda m'a remis en piste. Son type me faisait peur, mais j'étais très tenté de faire enfin un grand coup. Quelques jours après, je me suis rendu au café Central où j'ai mes habitudes et j'ai demandé discrètement au patron de me parler de Hadj Hmida — c'était le nom de l'ex. Il m'en a fait un tableau idyllique.

« Un homme brave, généreux, s'occupant des familles pauvres, ayant construit deux mosquées. Il ne rate aucune prière, rend des services à tout le monde. Ce qu'on raconte sur lui est de la pure jalousie. Les gens sont envieux, ils refusent de se contenter de ce qu'ils ont. Mais le Hadj, lui, il est extra. Oui, bien sûr qu'il est riche, mais il travaille depuis qu'il est adolescent. Il cultive sa terre et Dieu en retour est prodigue… Et puis il parle italien… C'est beau de l'entendre discuter dans cette belle langue…

— Mais tout ça, il le fait avec quel argent ? »

Il m'a regardé comme si je me moquais de lui. Il a sorti de sa poche son sebsi et m'a dit :

« Avec ça, évidemment ! »

Il a allumé la longue pipe, tiré une bouffée et me l'a passée. Le kif était de bonne qualité. La tête m'a tourné immédiatement. Je n'ai jamais supporté la fumée du haschich.

« Tu sais, avant, le kif se vendait librement, il n'a jamais vraiment été interdit. »

Et il m'a sorti une photo d'une enseigne où la fumée d'une cigarette dessinait la carte du Maroc avec cette inscription : « Régie marocaine du tabac et du kif ».

« Tu pourrais me présenter à cet homme extra ? lui ai-je demandé.

— Ça, je ne sais pas. Il vient très rarement ici, mais je me renseignerai. Si t'es flic, t'es foutu d'avance, il les repère de loin et ne leur fait pas de cadeau. »

Je l'ai rassuré en lui racontant une histoire d'argent à placer. Je n'avais pas du tout confiance dans les banques, ai-je dit.

En attendant cette rencontre au sommet, je devais m'occuper. À présent j'avais deux tajines sur le feu. L'un salé, l'autre sucré. J'ai toujours aimé mélanger les deux saveurs. Le salé c'était l'ancien mari de Linda. Pourquoi salé ? Parce que c'était le genre de type à saler tous ses plats avant même de les goûter. Le sucré, ça ne pouvait être que le banquier le plus riche du Maroc, lequel s'était toute sa vie sucré sur le dos de ses millions de clients. Un milliardaire et un big boss, deux futures prises exceptionnelles.

Ma vie ne tournait désormais plus qu'autour d'eux et mes nuits en étaient d'assez bonne qualité. Échafauder des scénarios pour les supprimer me passionnait, c'était exactement comme écrire pour le cinéma ou composer une petite symphonie. Il fallait qu'il n'y ait aucun trou d'air. Mais tant que le crime ne me semblait pas encore parfait, j'attendais. Son exécution devait s'imposer avec une évidence absolue.

Chapitre 31

Sans rien dire à Linda, j'ai continué à pister Hadj Hmida. Évidemment, comme ce n'était pas quelqu'un d'ordinaire, il n'était pas facile à atteindre. J'ai essuyé plusieurs échecs successifs.

Et puis j'ai tenté le tout pour le tout en prétendant au patron du café que je disposais d'un avion privé et que je pouvais transporter de la marchandise. Ce n'était bien sûr qu'à moitié vrai. Un vieil ami fort riche m'avait engagé pour écrire sa biographie et m'emmenait volontiers avec lui dans son jet en Grèce ou en Sicile pour continuer la rédaction de son livre. Personne ne pourrait imaginer que ce grand monsieur transporterait (à son insu) des valises de kif.

Hadj Hmida s'est montré intéressé. Un de ses intermédiaires m'a contacté et tout s'est organisé très vite. Je ne l'ai fait qu'une et unique fois. Mais c'est grâce à ça que j'ai pu enfin l'approcher. C'était vraiment l'homme invisible. Il n'avait pas d'adresse. Il dormait en réalité sur l'un de ses bateaux au large de Ceuta.

C’est là que, juste après le succès de mon premier transport, on m’a emmené de nuit pour que je sois payé. On m’a embarqué dans un Zodiac qui s’est dirigé sans lumière vers un yacht amarré au loin.

À bord, je me suis tout de suite trouvé face au personnage que j’imaginais. Banal, normal, ni grand ni petit, mince, le visage assez ridé, l’œil d’un bleu étrange. À Tanger, on le surnommait « le Chacal », « le Serpent », « le Loup » (parce qu’il parvenait toujours à s’échapper et à tuer ses adversaires), « Fantomas », « El Rubio » (parce qu’il se faisait teindre la barbe en blond). Il m’a regardé comme s’il cherchait à lire dans mes pensées. Il ne m’impressionnait pas. Il est sorti un instant pour donner l’ordre qu’on ne le dérange pas. Pendant ce temps, j’ai vite repéré sa petite trousse de médicaments posée près de ses papiers et de son mobile et je m’en suis emparé. De retour dans la cabine, il m’a dit : « C’est toi le Grec, n’est-ce pas ? C’est toi qui as transporté de la marchandise de Tanger à une île grecque dont j’ai oublié le nom… »

Je n’ai pas répondu. Je me suis approché de lui, je l’ai regardé fixement et lui ai annoncé la raison de ma visite :

« Je suis venu hâter votre mort. »

Il a éclaté de rire. Il s’esclaffait tellement qu’il s’essoufflait. Soudain il a mis la main au niveau de sa poitrine, comme s’il venait de ressentir une forte douleur. Il s’attendait si peu à ça. Et puis, il s'est repris, et, comme j'étais censé être là pour faire les comptes des valises transportées, il a ouvert un coffre et m'a tendu une liasse de dollars, m'a dit l'air faussement détaché :

« Alors comme ça, tu as fait tout ce chemin pour me tuer ?

— Non, je ne suis pas un tueur, je suis celui qui donne un coup de pouce à la mort. Malgré mon apparence, je suis une sorte d'ange, disons "l'ange exterminateur". Or, si j'en crois votre taux de cholestérol, votre pression artérielle très élevée, votre insuffisance rénale, votre âge, le stress inhérent à votre boulot, et le Parkinson que vous dissimulez bien, vous êtes arrivé au terme fixé par votre code génétique et, si vous êtes croyant, au terme fixé par le Créateur qui décide qui doit vivre et qui doit mourir. »

Il s'est mis à rire de nouveau et a cherché sa trousse tout en toussant. Comme il ne la trouvait pas, il est devenu nerveux.

« Tu es un marrant, toi. Tu me dis des horreurs sur un ton calme et serein, et moi je ne me fâche pas. C'est curieux, n'est-ce pas ? Bon, qu'est-ce que tu veux ? Une autre liasse de dollars ? Tu as là de quoi vivre tranquille pendant plus d'un an. Des armes ? Des filles ? Dis, te gêne pas… Merde, où est ma trousse de médicaments ?

— Je ne veux rien. Je ne possède rien et je n'aime pas posséder quoi que ce soit. Alors pour la dernière fois, écoutez-moi et laissez-vous faire.

— Là, tu m'énerves, tu me les casses ! Je vais te jeter à la mer, tu vas voir !

— Vous ne ferez rien de tout cela. Regardez-vous dans la glace. Vous êtes tantôt blême, tantôt rouge, un rouge sang, pas bon du tout. Vous transpirez maintenant, votre cœur bat très fort. Vous voyez, vous allez tomber, votre heure est arrivée… Permettez-moi de vous donner la main en ce moment précieux pour moi et pour tous ceux que vous avez ruinés ou fait assassiner. »

Il criait maintenant : « Mes médicaments, mes médicaments ! » Il avait besoin d'un comprimé pour calmer son cœur qui battait trop fort. Sans ça, il allait mourir. Il suffoquait, tremblait, s'agitait et criait encore et encore. Mais personne ne venait à son secours, il avait demandé qu'on le laisse tranquille et le lieu était bien insonorisé.

J'aurais pu lui donner sa trousse, mais je tenais bon. J'attendais patiemment sa chute. Ça n'a pas été immédiat. Mais son cœur était à bout. Il le savait et ne pouvait rien faire contre.

Rarement un de mes plans avait marché avec autant de précision et de justesse.

Haletant, il répétait sur un ton de moins en moins ferme : « Mais je ne veux pas mourir. Ce sont les autres, les minables qui meurent ! Où est mon téléphone, que j'appelle Debbah l'égorgeur, il va te régler ton compte en moins de deux… Qui es-tu ? Qui t'a envoyé ? Les Colombiens ? C'est ça, les salauds, je savais qu'il ne fallait pas faire affaire avec eux… Mais d'où tu sors ? »

Il était par terre maintenant, sa respiration

était saccadée, il appelait toujours au secours, réclamait le fameux Debbah qui, à cette heure-ci, devait dormir quelque part à l'autre bout du yacht. Il ne résistait pratiquement plus. J'ai sorti de la trousse la boîte du médicament dont il avait besoin et ai lu la notice. Il fallait intervenir d'urgence. Je me suis approché de lui, ai pris sa main et l'ai serrée très fort. Il suffoquait, tremblait, s'accrochait à moi. J'ai regardé dehors et quand un des gardes du corps est passé, je lui ai fait signe d'entrer et d'appeler un médecin de toute urgence, sachant pertinemment qu'on était en pleine mer et que, le temps que le cardiologue arrive, il serait déjà mort.

Le garde du corps s'est précipité. Quant à moi je l'ai laissé mourir lentement, appuyant de temps en temps sur son cou pour le fatiguer davantage. Il était pathétique. Le big boss était devenu une petite chose fébrile, un tas de souffrance, sans pouvoir, ayant tout perdu en quelques minutes. Le médecin est arrivé au petit matin. C'était un Espagnol qui le soignait occasionnellement. Il a essayé de le secourir, puis s'est découragé, le cœur allait s'arrêter.

Il est mort sous mes yeux en cette fin de nuit bien étrange. J'étais assez mal à l'aise, finalement. Peut-être était-ce même la première fois que je me sentais coupable. C'était pourtant un gangster, un tueur sans états d'âme, un trafiquant de drogues dures qui mettait en danger la vie de milliers de jeunes. J'ai demandé qu'on me serve un café, puis je suis reparti à Ceuta en compagnie du médecin.

À bord du Zodiac, il m'a demandé quel degré d'intimité j'avais avec le défunt. Quand je lui ai répondu « aucun », il m'a regardé puis m'a dit : « Ah, vous êtes flic ! » Je ne lui ai pas répondu. J'étais plutôt content d'avoir l'air d'un flic exterminateur. Nous nous sommes séparés sans un mot. Arrivé à Ceuta, je n'ai pas appelé Linda pour lui apprendre la nouvelle. Elle le saurait bien assez tôt par la presse. Affaire classée.

J'ai pris une chambre à l'hôtel Parador, j'ai commandé au room service une omelette espagnole et puis je me suis endormi. Mes rêves étaient denses et riches. Je me voyais voguer sur les flots bleus de la Méditerranée, comme si j'étais sur des skis. J'allais très vite, des oiseaux de toutes les couleurs m'accompagnaient. Je chantais, je dansais, comme dans un film de Fred Astaire ! J'étais heureux et je crois même que je m'entichai d'une femme brune à la longue chevelure. Mais quelqu'un me disait à l'oreille : « Attention, c'est la mort ; il arrive parfois qu'elle se déguise pour faire diversion ! » C'est alors que je suis tombé dans la mer, je me noyais. Le réveil fut brutal.

Chapitre 32

Quand je suis arrivé le lendemain à Tanger, les gens ne parlaient que du départ précipité de Salman, le roi d'Arabie saoudite. Pendant qu'il nageait dans la mer, entouré de son maître-nageur, de ses médecins, de son kinésithérapeute, de son aide de camp, de ses assistants, il s'était retrouvé nez à nez avec un corps de femme qui flottait sur l'eau, un corps déjà pas mal décomposé. Il avait immédiatement interrompu sa baignade en pestant et avait décidé de plier bagages et de rentrer chez lui.

Il avait construit plusieurs petits palais sur la plage dite du Mirage, face à l'Atlantique, tout près des Grottes d'Hercule. Année après année, son domaine s'étendait davantage le long de cette plage, connue pour être une des plus belles du monde. Quand il séjournait dans ses palais tangérois, c'était toute la ville qui était mobilisée pour accueillir le millier de personnes composant sa suite. Les grands hôtels étaient réquisitionnés et les proxénètes se frottaient les mains.

Dès qu'il eut quitté ses appartements, les résidents de l'hôtel Le Mirage eurent de nouveau le droit de faire leur marche le long de la plage sans être arrêtés par les vigiles de la sécurité. Ce départ précipité avait mis la ville en émoi. La rumeur s'était répandue à toute vitesse. Le corps de la femme était devenu entre-temps celui « d'une femme et de son amant ».

Au café tout le monde parlait du fait divers tout en se réjouissant du départ du Saoudien. Chacun avait sa version. L'imagination était à la fête. Seuls les commerçants regrettaient d'avoir perdu leur meilleur client.

Le visage de la femme brune aperçue dans mon rêve barrait la une du quotidien arabe le plus populaire. Le journaliste affirmait que c'était le dernier crime du « Serpent ». Il l'aurait étranglée de ses mains et jetée ensuite pardessus bord. Mais rien n'était sûr. On racontait que le grand trafiquant avait été tué par un commando colombien pour une histoire de livraison de marchandise. D'autres disaient qu'il aurait été abattu par l'amant de la femme brune. Les gens aiment inventer, raconter, et se moquent pas mal de la vérité, que j'étais le seul à connaître.

La ville revivait, respirait en se racontant le roman du trafiquant. Je dormais profondément chez moi.

III

Chapitre 33

Les semaines et les mois ont passé. J'ai dépensé mes points crédits sommeil sans m'en apercevoir. J'en ai perdu parfois par inadvertance, en ai retrouvé aussi. Jusqu'au jour où, de nouveau, j'ai eu de plus en plus de mal à dormir. C'était le signe que l'heure était venue de m'occuper sérieusement du banquier le plus riche du Maroc. En faisant discrètement mon enquête, j'ai découvert qu'ils étaient plusieurs à pouvoir prétendre à ce titre et qu'on ne disposait pas d'informations fiables et précises pour les départager. Je devrais donc déterminer lequel d'entre eux était le plus âgé, malade de préférence, et surtout le plus accessible. J'ai appris à cette occasion que ces personnes étaient très méfiantes. Elles ne se laissaient pas approcher et savaient que, quoi qu'elles fassent, elles suscitaient la jalousie et étaient la cible des pires quémandeurs.

J'ai envoyé au plus âgé — quatre-vingt-dix ans tout de même — une lettre dans laquelle je lui proposais de réaliser un film sur sa vie. Sa réussite, son rapport à l'argent, sa famille, ses amis et aussi ses adversaires voire ses ennemis. J'ai mis du temps à la rédiger, ai choisi les mots afin qu'aucune méfiance ne s'installe. Une secrétaire m'a répondu un mois après. La lettre était courte : « M. Thouami Ben Miloud est à La Mecque. À son retour, je lui soumettrai votre proposition et je vous écrirai. »

Classique. Dès que la mort s'approche, on se tourne vers Dieu et on retourne à La Mecque pour un dernier pèlerinage. Le banquier était plutôt connu pour être un bon vivant, possédant l'une des meilleures caves de vins millésimés, et entretenait deux ou trois maîtresses jeunes et pulpeuses.

En attendant son retour, j'ai essayé d'obtenir des informations sur son dossier médical. Il était suivi dans un grand hôpital parisien.

C'est alors que j'ai eu l'idée d'entrer en contact avec Lamia, une de ses anciennes maîtresses qu'il avait abandonnée parce qu'elle lui réclamait un enfant. Elle habitait dans un minuscule deux-pièces au quartier Sevilla. Pour vivre, elle s'était remise à la couture. Elle était marquée. C'était une femme dont la beauté avait été effacée par beaucoup de larmes. Elle gardait pour cet homme une grande considération et refusait d'évoquer cet épisode de sa vie. Mais pour de l'argent, chose qui lui manquait cruellement, elle a accepté de m'aider.

« N'attends pas de moi des révélations sur son intimité, sur ma vie avec lui. J'étais la femme du jeudi. Je me levais tôt, faisais de la gymnastique, mangeais peu en évitant les mets où il y avait de l'ail. Il était non seulement allergique à l'ail mais aussi à son odeur ; j'allais ensuite au hammam. Ma masseuse était devenue une amie, une confidente. Elle me préparait comme si j'étais une jeune mariée. Elle lavait lentement mes cheveux, m'épilait — sauf sous les bras, car il aimait caresser ces poils-là —, me faisait une toilette méticuleuse. J'arrivais à notre lieu secret, rayonnante, parfumée, prête à lui faire plaisir. Il était gentil, mais assez ferme, ne répétant jamais le même ordre. Il fallait pour cela avoir l'ouïe fine. J'étais sa maîtresse, son esclave, sa femme du jeudi, sa chose, son moment de détente. Il lui arrivait de ne pas passer à l'acte, préférant me regarder longuement marcher, me pencher, lui servir un verre de vin, allumer son cigare. Les autres fois, il arrivait et sans se déshabiller m'attirait vers lui et me mangeait comme un affamé.

« Je ne manquais de rien, mais l'envie d'avoir un enfant était devenue chez moi une obsession. Je lui en ai parlé un jour où je le sentais de bonne humeur, et où son sexe était encore ferme. Il s'est arrêté net, son pénis s'est réduit jusqu'à disparaître entre ses couilles, s'est levé et m'a dit :

« “Ne parle jamais de ça. Entendu ?

« — Oui, Monsieur.”

« En fait j'étais déjà enceinte. Le jeudi d'après,

je lui ai avoué la vérité. Il s'est mis en colère, a téléphoné à Hassan, son homme à tout faire, à la fois son chauffeur, son garde du corps, son espion, et lui a dit des choses que je n'ai pas pu entendre. Il a claqué la porte et je ne l'ai plus jamais revu.

« Hassan s'est occupé de l'avortement, non sans me gratifier au passage de quelques insultes choisies. Il m'a remis une enveloppe avec un peu d'argent, et puis c'est tout. J'ai pleuré et je n'ai pas réussi à rencontrer un homme pour me faire un enfant. Ma beauté s'est fanée. J'ai plus de quarante ans, ma famille me tourne le dos et heureusement que j'ai quelques commandes de caftans. Évidemment les femmes du mercredi et du lundi ne m'ont pas manifesté la moindre solidarité. »

J'étais davantage informé sur sa vie que sur celle de son ex-patron. Je lui ai posé encore deux ou trois questions. Elle était embarrassée. Puis elle a enfin lâché le mot qui allait beaucoup me faciliter les choses : « Viagra. Il le prenait avec un verre où Hassan avait mélangé plusieurs herbes devant lui procurer de la vigueur sexuelle. Une fois, ça n'a pas eu d'effet, son pénis était dans ma main, froid, mou, presque mort. Je ne sais plus ce qu'il a fait, il a dû reprendre des médicaments, et là, au bout de dix minutes, il a eu un malaise assez sérieux. Il a été transporté tout de suite dans une de ses cliniques (il en possède une dizaine dans le pays) et en est sorti guéri. »

Elle m'a donné le numéro de téléphone de Hassan, qui, d'après ce que j'ai compris, lui rendait visite de temps en temps. Elle se faisait payer et lui n'y trouvait rien à redire. Il fallait seulement que son patron ne l'apprenne jamais…

Une fois sorti de chez elle, j'ai appelé Hassan de mon mobile en lui disant que je le contactais de la part de Lamia. Il est resté silencieux, puis a répété le nom de Lamia comme s'il cherchait dans sa mémoire. J'ai enchaîné sans me démonter :

« Lamia, la femme que tu as baisée hier entre seize heures dix et dix-sept heures. Tu as oublié son nom ?

— Bon, bon, qu'est-ce que vous me voulez ?

— Vous rencontrer et parler.

— Mais parler de quoi ?

— De business et de cul. »

Quand il est arrivé à notre rendez-vous, fixé le lendemain dans une arrière-salle de café, Hassan avait une sale tête. Les traits tirés, des rides profondes, une dentition chaotique, un peu de ventre, une calvitie avancée, des yeux de malin. Je l'ai classé tout de suite dans la catégorie des « 3 S », pour salaud sans somnifères. Il était du genre à très bien dormir.

Nous ne nous sommes pas serré la main. Il s'est assis à ma table, l'air pas tranquille.

« Je sais que ton patron est à La Mecque, lui ai-je dit sans préambule. Il doit rentrer pour le mariage du fils de son ancien associé. Tu dois m'organiser une rencontre avec lui. Tu te débrouilles, sinon, tu connais la suite. »

Je lui ai montré de loin sans l'allumer mon smartphone. J'ai fait tourner en l'air mon index droit — ce geste qui ne voulait rien dire lui a fait peur. Il a levé les bras vers le ciel et a marmonné, résigné : « Tout est entre les mains du Très-Haut. »

J'ai haussé les épaules et suis parti en lui tournant ostensiblement le dos.

Chapitre 34

Tous les soirs, je sais qu'à l'instant même où je me dirige vers mon lit, mes tracas commencent. Je me parle à moi-même et pars en vrille : attention, une nuit insomnieuse t'attend, ne la prends pas de haut ou à la légère, trouve au plus vite la faille, la faiblesse, la brèche par où s'insinue le mal invisible, apprends à négocier avec la nuit, à la préparer, à faire sa toilette, adoucis l'air, parfume l'espace, retire tout ce qui pourrait lui nuire, élimine images et sons, fais de ta chambre un havre de paix, utilise uniquement des draps en coton d'Égypte, ne porte pas de tissus synthétiques, proscris la poussière ou bannis même les plus minuscules miettes dans le lit, vérifie ton matelas, tes oreillers, respire et accroche à la poignée de ta porte un carton que tu auras préparé spécialement :

ICI, L'INSOMNIE N'EST PAS ADMISE !

Pour ne pas être dérangé, tu peux changer chaque jour de formule : « Ici pas d'intrus ! » Ou tout simplement : « Pas un bruit, on dort ! » Ta chambre doit être un caveau, une tombe l'espace de quelques heures, un territoire d'intimité absolue. Tout cela tu l'écris noir sur blanc.

Mais dans mon lit, je suis comme un poisson dans une friteuse. Je vais d'un angle à l'autre. Mon corps est actif, suractif. Il exagère et n'a aucune pitié pour moi. Je jette mes draps par terre. Je les ramasse, mais sur moi ils bougent, composent des formes, crachent des nuages. Je les vois respirer lentement. Des draps qui respirent ?

Ma folie prend toute la place. Elle s'est drapée dans une djellaba rouge vif et tient dans ses bras des brassées de tulipes et de chrysanthèmes qu'elle vient de ramasser. Je la connais. Elle est déterminée, décidée à me faire la peau. La nuit lui a laissé le passage. Il faudrait que je prenne un anxiolytique. Mais je tiens à préserver ma mémoire. Sans elle, je suis fini. Je ne pourrais plus ni écrire, ni voyager. Je fais attention à elle. Je fais même quotidiennement les exercices que conseillent les spécialistes.

On m'a toujours dit que j'avais une excellente mémoire, mais j'en doute, à vrai dire. Tout récemment encore, dans un grand festival, une dame se présente et me fait la bise. Je la regarde, la dévisage même, impossible de me rappeler son nom et son prénom. Je vois bien que je la connais, mais rien à faire. Je la fais parler pour essayer de retrouver son nom dans les labyrinthes de ma mémoire, je l'ai sur le bout de la langue, mais ça ne veut pas venir. Elle repart, visiblement vexée. Quelques minutes après, comme une évidence, son nom et son prénom me reviennent. Je les note sur un bout de papier au cas où nous nous recroiserions.

De tels blancs sont selon moi des séquelles de l'insomnie. L'insomnie n'abandonne pas sa proie. La fatigue abîme la mémoire, la rend fébrile et pleine de trous, des trous qui emportent avec eux les noms et les visages connus. Mon remède : le café. Mais à partir de midi j'arrête d'en boire. Je sais que l'effet de la caféine est durable et peut se prolonger jusqu'à la nuit.

Je passe donc une partie de ma journée à préparer ma nuit, à la rendre possible, paisible, tranquille, aimable et positive. Depuis le récent retour de mon insomnie, j'ai pris la décision de renoncer aux médicaments. J'ai bon espoir d'arriver à m'en passer définitivement. Lire les notices contenues dans les boîtes me met le moral au plus bas. Elles promettent de vous soigner mais vous disent aussi tout ce que vous risquez. Les effets indésirables sont bien plus nombreux que les bienfaits attendus. Je lis et relis ces colonnes écrites par des spécialistes, convaincu qu'ils ne s'adressent qu'à moi. S'il est question de décès rarissimes, je m'y vois déjà. Je me reconnais infailliblement dans tout ce qui perturbe et accable. Je plie la feuille et je la remets à l'intérieur de la boîte. Vous ne m'aurez pas !

Sur la petite table achetée au marché aux puces, mes boîtes de médicaments sont posées collées les unes aux autres. Leur rôle est d'être là. C'est rassurant. Je les observe. Je médite la phrase que Marcel Proust fait dire à Bergotte dans *La Prisonnière* : « J'ai dit user, je n'ai pas dit abuser. Bien entendu, tout remède, si on exagère, devient une arme à double tranchant. »

Je vois ou j'imagine la couverture d'un magazine avec ma pile de boîtes de médicaments en guise d'illustration. Le titre en une est simple et terrible : ces médicaments qui préparent l'Alzheimer ! Ainsi ce serait aussi simple que ça : insomnie + somnifères = Alzheimer. Quelle frayeur ! C'est la maladie qui fait, je crois, le plus peur à tout le monde.

Je me lève et je vais jeter toutes mes boîtes à la poubelle. Je n'aurais jamais dû me lever, maintenant je tourne en rond. Je mets de l'ordre dans le salon. Je range un livre tombé par terre. J'ouvre la Pléiade de Rimbaud. Lire Rimbaud m'a toujours apaisé. Mais cette nuit je suis incapable de lire. Je referme le livre et le remets à sa place. Je me débarrasse d'un journal datant de la semaine dernière. J'ajuste une toile mal accrochée. Je vide la poubelle à papier dans un sac en plastique.

Et puis, finalement, je récupère les boîtes de médicaments. Je m'assure que la porte est verrouillée, que les fenêtres ne laissent rien voir de mon désarroi. Je relis une lettre de la banque me proposant de m'enrichir. Ils se moquent de moi. Des placements sans risque, ça n'existe pas. Je lis un article qui démontre que les banques sont des entreprises très sophistiquées qui pratiquent le vol légal. Personne n'est capable de se mesurer à elles et à leur brutalité invisible.

Les nuits sans sommeil ont souvent leurs lots de fulgurances. Des vérités se révèlent à vous avec une belle évidence.

La terre est bleue
La lune est une peinture de Miró
Le ciel avale le bleu de la mer

Chapitre 35

Pour ne rien arranger à mes problèmes d'insomnie, je me suis aperçu un jour que ma femme continuait ses visites clandestines. Je n'avais en effet toujours pas réussi à récupérer son double des clés. Depuis qu'elle avait quitté la maison après notre divorce, elle ne cessait de trouver des prétextes pour revenir fouiller dans mes affaires, déchirer des photos, arracher des pages de mon agenda, accéder grâce à je ne sais quel petit génie de l'informatique à mes mails et mes contacts, voler parfois ce qu'elle trouvait. Mais là, elle était allée trop loin : elle avait fait venir un serrurier pour ouvrir mon coffre. J'y avais entreposé mes documents les plus importants, les bijoux de ma mère et quelques devises. Ce qui m'a mis hors de moi, c'était le vol des papiers. Elle savait que j'y tenais et qu'il me serait impossible d'en obtenir des duplicatas.

J'y revenais toujours, je devais tuer ma femme. Il fallait que je la tue. Pas seulement pour d'éventuels crédits sommeil, dont j'avais pourtant bien besoin en ce moment, mais pour la mettre hors d'état de nuire. Mais tant qu'elle susciterait chez moi cette colère, je ne pourrais pas la supprimer, il fallait savoir se maîtriser, avoir du sang-froid et ne pas laisser le doute s'installer, même une fraction de seconde.

Cette nuit-là, l'idée de la mettre sous terre en lui organisant des funérailles dignes d'une grande bourgeoise de la société marocaine, le simple fait de penser à elle refroidie et inerte m'ont procuré quelques heures d'un sommeil magnifique, réparateur et doux.

La tuer, oui, mais comment ? Je ne savais pas si, à la dernière minute, j'y arriverais. Et puis personne ne pouvait m'aider. Affaire trop personnelle. J'aurais pu chercher un homme qui poursuivait le même but avec sa propre femme, et nous aurions échangé nos meurtres. Fantasme de tant de petits assassins du dimanche. Mais cela n'arrivait qu'au cinéma, dans un train à grande vitesse ou dans un bateau de croisière où une vieille Anglaise rédige son énième intrigue policière sous le regard béat de sa femme de compagnie qui rêve d'hériter un jour de l'immense fortune de l'auteur le plus lu d'Europe. Dans la vie, les choses se passaient autrement. Il y avait le hasard, l'accident inespéré qui vous facilitait le travail. Encore fallait-il avoir de la chance.

De ce côté-là je n'étais pas bien loti. Je n'avais jamais gagné au Loto, jamais rencontré une femme qui mourait de désir pour moi au point de me supplier de lui faire l'amour. Non, ma vie était d'une normalité désespérante, si je puis dire. J'étais insignifiant, presque transparent. On me remarquait rarement. En tuant ma femme, je deviendrais un héros clandestin. Je jouirais de son absence sans le clamer sur les toits. Pour cela mon crime devrait être génial. Je connaissais par cœur les films où cette perfection se trouvait piégée par un petit détail, une méprise, un faux pas, un cheveu, une clé, un lapsus… On ne pouvait plus refaire *Les diaboliques*, de Clouzot, ou *Le crime était presque parfait* ou *La corde*, d'Hitchcock. Ces films avaient dévoilé toutes les astuces et découragé la plupart des candidats. Et, de toute façon, ceux qui avaient réussi, on ne les connaîtrait jamais.

D'ailleurs, comment savoir si, en ce moment même, ma femme n'était pas elle aussi en train de mettre sur pied un plan pour me faire disparaître sans qu'aucun soupçon ne pèse sur elle ? Elle était plus douée que moi pour la dissimulation. Rien ne transparaissait sur son visage. Tout le monde la croyait sur parole et la considérait comme la plus adorable des personnes. Elle brillait tellement en société, rendait service si souvent, souriant à tout le monde, qu'elle était insoupçonnable. Elle ferait une criminelle idéale.

Mais quel besoin aurait-elle d'en arriver là ? Elle avait tout ce qu'elle désirait.

Ma colère peu à peu retombée, j'ai décidé calmement de passer à l'action. Mais là, il ne s'agissait pas de hâter la mort de quelqu'un : ma femme était encore en bonne santé, et bien plus jeune que moi. Il me faudrait faire une exception et devenir pour une fois un assassin ordinaire. Un homme qui tue sa femme parce qu'il n'en peut plus.

Cela s'est imposé à moi comme une évidence. En marchant le long de la nouvelle rocade de Tanger, je me suis rappelé l'histoire de ce philosophe français qui, un jour, s'était emparé d'un foulard et avait étranglé son épouse avec laquelle il vivait depuis plus de trente ans. Il l'avait beaucoup aimée et beaucoup détestée. Une histoire d'amour qui choisissait une fin tragique. Il a alerté spontanément le médecin de sa résidence et est mort en hôpital psychiatrique quelques années plus tard, laissant des centaines de lettres d'amour adressées à la défunte.

Non, je n'étais pas philosophe. Je n'avais pas derrière moi la Sorbonne ou l'École normale supérieure. Je n'étais pas amoureux de ma femme. Je n'étais qu'un petit scénariste sans importance qui vivait de peu. Ma réputation était celle d'un homme besogneux et quelque peu acariâtre. C'était du moins ce qu'avait laissé échapper ma femme, un jour, lors d'une dispute. Elle savait choisir les mots qui blessent. Moi, besogneux ?

C'est quoi, être besogneux ? Que dit le dictionnaire ? « Qui a besoin » (dans le sens de miséreux, impécunieux). Non, ce mot ne me convient pas. Il n'est ni juste ni approprié à mon cas. Quant au mot « acariâtre », il se passe de définition, comme ses voisins, « atrabilaire », « acrimonieux », « hargneux ». Il suffit de le prononcer pour voir une gueule froissée, un corps ratatiné, un regard cruel et des gestes mécaniques. L'acariâtre flirte avec la folie. Il m'arrive effectivement d'être acariâtre. Je pousse mes effets le plus loin possible. J'exagère, je deviens méchant, mon teint vire au rouge noirâtre et je me mets à hurler. Je joue une sinistre comédie, ne serait-ce que pour effrayer ma femme, quand il nous arrive de nous recroiser. Mais il en faut beaucoup plus pour l'impressionner. Elle n'a peur de rien. Ni de l'obscurité, ni des fantômes auxquels elle croit, ni des cambrioleurs, ni des araignées géantes et ni même encore des cafards gras et puants. La mort ? Non plus. Elle se considère immortelle, en tout cas elle se conduit comme si elle l'était.

J'ai fixé le jour et l'heure. Un vendredi à minuit, au mariage du fils de notre voisin. Bon alibi. Je me suis éclipsé de la noce au moment où les mariés arrivaient en fanfare et où tous les regards se tournaient vers eux. J'avais quelques minutes devant moi. Je suis entré chez ma femme par la porte arrière en veillant à ne faire aucun bruit. J'avais un bas en nylon dans la poche. Arrivé à la porte de la chambre à coucher, j'ai entendu le bruit de ses pas. Aux aguets, elle s'était levée, munie d'un poignard, prête à l'enfoncer dans la poitrine de l'intrus. J'ai aussitôt fait demi-tour. Elle m'a rattrapé et m'a dit, dans un grand sourire : « Tu m'as fait peur, mais reste, ne t'inquiète pas. Je ne vais tout de même pas te tuer parce que tu entres chez toi sur la pointe des pieds ! »

C'est ainsi que mon projet de tuer ma femme a été une nouvelle fois reporté à une date ultérieure !

Quelque temps plus tard, dans mon quartier, j'ai vu de loin un vieil homme, sans domicile fixe, tomber dans la rue. Il gisait, évanoui. Je me suis précipité sur lui, et ai repoussé les passants en leur disant que je le connaissais. L'ambulance a mis une bonne demi-heure avant d'arriver. Pendant ce temps-là je tenais son poignet et prenais son pouls. Ses yeux fermés ne me renseignaient guère sur son état. Je l'ai accompagné jusqu'à l'hôpital Mohammed-V, en me faisant passer pour son neveu. Il n'avait sur lui aucun document d'identité, j'ai décidé qu'il s'appelait Zéroual, Bachir Zéroual, et j'ai donné ce nom aux admissions. Je n'ai pas su à quel moment il a rendu l'âme, mais quand le médecin a voulu l'ausculter en se bouchant le nez, il a tout de suite fait signe aux infirmiers qu'on le dépose à la morgue. Je suis reparti avec l'espoir d'avoir gagné quelques PCS. Mais la nuit qui a suivi a été absolument blanche et mon humeur exécrable. J'avais le sentiment d'avoir perdu bêtement mon temps. J'ai alors pris un bain chaud afin de faire disparaître les mauvaises odeurs que le pauvre homme m'avait transmises. Erreur d'aiguillage. J'espérais des PCS, j'eus de la puanteur entêtée.

Chapitre 36

Quinze jours après cet épisode, Hassan m'a obtenu un rendez-vous avec le secrétaire, qui était aussi le confident et l'homme de confiance du banquier. On le surnommait « la Béquille » parce que son patron s'appuyait souvent sur son épaule pour marcher. De taille moyenne, il était mince et assez élégant. Il portait de petites lunettes qui le faisaient ressembler à un oiseau de proie. La peau tannée et des rides verticales sur le visage, il me rappelait le général Oufkir qui avait servi Hassan II, avant de tenter de le renverser deux fois de suite.

Dès qu'il m'a regardé, j'ai senti comme un scanner passer sur moi perçant mon intimité et mes pensées les plus profondes. Un frisson, qui n'augurait rien de bon, m'a traversé de part en part. Tout en m'invitant à m'asseoir, il m'a dit :

« Vous avez des problèmes de sommeil. Vous avez les traits tirés, les yeux fatigués et l'air légèrement absent… je me trompe ?

— Non, pas du tout. J'ai passé une mauvaise

nuit parce que je me préparais à rencontrer votre patron et je ne savais pas par quoi commencer.

— Commencer, que voulez-vous dire ?

— J'ai mis au point un programme économique pour que les milliardaires du Maroc sauvent ce pays. »

Je ne sais pas pourquoi je lui ai dit ça. La sagacité du secrétaire me faisait perdre un peu les pédales.

« Vous êtes sérieux ? Vous croyez peut-être que M. Ben Miloud a attendu votre éventuelle visite pour financer des projets dans le domaine de l'éducation, du sport et de la culture ?

— Bien évidemment que non. Mais ce que je propose est neuf et inspiré de ce qu'a fait Bill Gates aux États-Unis. Il s'agit de réunir les milliardaires pour constituer un fonds dédié de plusieurs milliards de dollars pour des projets fondamentaux. Enfin, j'expliquerai mieux mon idée quand je verrai Monsieur personnellement.

— Si je comprends bien, vous voulez donner aux pauvres, à tous les pauvres du royaume, et dépouiller les grosses fortunes du pays. Vous êtes naïf et stupide. Plus on a d'argent, plus on en veut. C'est une règle universelle ! »

J'ai préféré ne pas lui répondre. Il a rompu le silence qui s'installait en me demandant quel était mon métier.

« Scénariste. »

Il a éclaté de rire.

« Ah, alors tout s'explique. Vous inventez des histoires et vous cherchez un mécène pour les financer… Pour ça, envoyez-moi votre scénario en trois exemplaires dont un en anglais et on vous répondra. Si au bout de deux mois vous n'avez pas de réponse, considérez que votre projet n'a pas été retenu. »

Le secrétaire a regardé sa montre, s'est levé puis est parti en riant. J'étais désespéré, découragé et surtout fatigué. Je suis resté assis dans le fauteuil de l'hôtel où nous nous étions donné rendez-vous et je m'y suis laissé lentement engloutir comme si c'était un banc de sable mouvant. J'avais honte et j'en avais assez de devoir inventer des histoires pour avoir le droit légitime et banal de dormir. Un garçon d'hôtel m'a invité gentiment à m'en aller. J'ai rassemblé mes forces pour m'extraire du fauteuil et ai quitté l'hôtel. À l'air libre, j'ai repris courage et me suis dit que je rencontrerais le banquier par un autre moyen.

Ce refus me renvoyait pour l'heure à mon train-train habituel. Hâter la mort d'inconnus, sans faire trop de mal au passage.

J'avais le choix entre le concierge de l'immeuble Annahda qui ne sortait plus de son cagibi, déléguant à sa femme tous ses pouvoirs, et l'épicier qui faisait crédit à tout le quartier. Sa vue avait beaucoup baissé, son ouïe ne fonctionnait plus, et sa mémoire lui jouait des tours, ce qui arrangeait ceux qui lui devaient de l'argent. Sur un plan technique, l'épicier était plus accessible et peut-être même plus riche que le concierge. Surtout, la disparition de ce dernier n'intéressait personne et ne me rapporterait pas grand-chose.

L'épicier s'appelait Ben Jbara. Je ne savais pas d'où il venait. On aurait dit qu'il avait toujours été là, qu'il n'avait pas d'âge et qu'il faisait partie des meubles et des marchandises de son magasin. Il vivait seul, mangeait et dormait dans la boutique. Il y avait installé plusieurs miroirs afin de surprendre les voleurs et ne se séparait jamais d'un gros gourdin. Le bruit courait dans le quartier que l'homme était d'une santé fragile : l'année précédente, il avait failli mourir après une vaccination contre la grippe. Il avait très mal réagi au virus. Je me suis présenté comme infirmier, et j'ai prétendu que j'étais chargé d'une campagne de prévention contre la grippe. Il m'a demandé de revenir le soir, au moment de la fermeture. Il devait avoir plus de quatre-vingt-dix ans maintenant. J'ai été surpris de voir à quel point son état s'était dégradé, ces dernières années. Il n'avait plus aucune dent, était sale et sentait mauvais. Sa boutique avait l'odeur du chat qu'il accueillait pour lutter contre les souris.

Quand je suis revenu le soir il m'a dit, l'air découragé :

« À quoi bon me faire ce nouveau vaccin ? Je suis déjà mort, et je ne crois pas que la grippe osera m'approcher tellement je sens mauvais ! Enfin… Comme tu es gentil et que tu t'es dérangé une deuxième fois pour venir me voir, pique-moi et aide-moi à me mettre au lit. »

Ce qu'il appelait le lit était un vieux canapé d'où sortaient des ressorts et des touffes de paille. Son corps s'était habitué à dormir là et s'était accommodé de ces trucs en fer qui lui laissaient des traces sur la peau.

Au moment où je m'apprêtais à le vacciner, il s'est évanoui. J'en ai profité pour vider le contenu de la seringue dans son bras. La piqûre l'a réveillé. Je l'ai installé sur le canapé. Il faisait une réaction étrange au vaccin mais bougeait encore. Quand il a fermé les yeux, j'ai su qu'il ne les rouvrirait plus jamais. La mort l'a emporté dans la nuit.

Je suis resté près de lui jusqu'au lever du soleil malgré les odeurs nauséabondes dans l'air. Cette mort m'a donné faim et soif. J'ai ouvert une boîte de sardines de Safi que j'ai prélevée dans ses étagères. Il y avait dans un coin un demi-pain. J'ai fait un sandwich et l'ai avalé avec un rare plaisir. J'ai bu ensuite une eau minérale gazeuse. Rassasié, je me suis senti bien.

Ben Jbara était sûrement une bonne affaire pour moi. Malgré l'aspect misérable de son épicerie, j'étais certain que les points crédits sommeil qu'il allait me laisser seraient importants. J'ai prévenu les voisins et le chef du quartier. Un médecin est arrivé, il n'a pas dit un mot, a constaté le décès, a écrit quelque chose sur une ordonnance et est parti en disant : « Mort naturelle. Enterrez-le vite, ça sent mauvais… »

Sa voisine du dessus a fait venir des mendiants pour lire le Coran. Elle les a payés avec des produits de la boutique. L'un d'eux exigeait une bière. Il n'y en avait pas dans les rayons. Un autre est allé fouiller sous la caisse et a sorti deux cannettes de marque hollandaise. Ils les ont bues d'un trait, puis ont levé les mains et récité la Fatiha, la première sourate du Coran. Devant ce sacrilège, la voisine a émis une protestation assez véhémente : « *Hada el Mounkar !* », « C'est un scandale, un péché ! ». Mais ça n'a rien changé.

On l'a enterré après la prière de midi. Son corps menu et chétif n'était pas plus grand que celui d'un enfant. Les mendiants s'étaient bien occupés de lui. Ils s'étaient rempli les poches d'un tas de choses : boîtes de conserve, pots de confiture Aïcha, paquets de Tide et d'Omo, bicarbonate de soude, pots de yaourts Danone nature, sachets de sucre en poudre, de sel, boîtes de la Vache qui rit, bouteilles d'huile et savon liquide. Ils avaient vidé l'épicerie et personne ne pouvait les en blâmer. La voisine, très affectée, m'a murmuré à l'oreille : « Nous sommes peu de chose ! » Sans lui répondre, je lui ai conseillé de fermer la boutique et de bien garder les clés au cas où un lointain cousin surgirait un jour. Je suis parti en lui laissant entendre que je ne reviendrais pas.

J'étais si fatigué que ma nuit a débuté au coucher du soleil. Une bonne nuit, paisible et calme. Le matin, j'ai pris une douche mais je me suis aperçu que mon savon ne suffisait pas à faire disparaître la mauvaise odeur qui collait à ma peau. Je me suis donc rendu au hammam public de mon quartier. Là, je suis tombé nez à nez avec le secrétaire du banquier. Pour une raison que je ne m'explique pas, il s'est mis à me parler en anglais. Je lui ai répondu que je ne comprenais pas cette langue.

Apparemment c'était un habitué des lieux, puisque tout le monde le saluait et l'appelait Hadj Mostafa. Tandis que Mbarek me frottait le dos afin d'en gommer les peaux mortes, il m'a dit qu'à bien y réfléchir mon idée l'avait intéressé et qu'il en avait finalement touché un mot à son patron. Il devrait bientôt me donner un rendez-vous. Il a ajouté que j'avais de la chance parce que le banquier était un grand cinéphile, et que ma qualité de scénariste avait joué en ma faveur. Croyant m'impressionner, il m'a raconté que la dernière fois que Martin Scorsese et Francis Ford Coppola étaient venus au Festival du film à Marrakech, ils avaient logé dans un des palais de son patron. Je lui ai répondu que moi aussi j'étais en contact avec Martin Scorsese, qui pensait tourner un de mes scénarios. Il a pris un air entendu, mais j'ai vu qu'il ne me croyait pas.

Chapitre 37

Un mois plus tard, je recevais un message de Hadj Mostafa. Son patron consentait finalement à me rencontrer mais il fallait être concis, rapide et concret. Pas de bavardage. Aller droit au but. Le rendez-vous aurait lieu dans un de ses bureaux, au dernier étage d'une de ses banques.

Le jour convenu, à l'heure dite, un jeune homme est venu me chercher chez moi et m'a conduit dans une superbe limousine jusqu'au magnifique immeuble du banquier.

L'homme qui s'est avancé vers moi dans son bureau avec vue panoramique sur la ville était impeccable. Élégant, de grande taille, habillé avec raffinement, il devait porter sur lui quelque chose comme vingt mille euros de vêtements, sans compter sa montre en or. Il m'a regardé attentivement puis m'a dit :

« Si tu viens me taper, genre association pour sauver les nains de la médina, ou organisation pour lutter contre les poils du cul des femmes velues, tu perds ton temps. Sache, mon petit, que je ne parle jamais d'argent, que je n'en ai jamais sur moi, que je ne connais aucun numéro de compte, que je n'ai besoin de rien, que je suis comblé, surtout depuis mon retour de La Mecque où le Prince héritier en personne m'a servi de guide. Alors vas-y, que veux-tu ? Tu as dix minutes pour exposer ta requête. »

J'ai senti tout de suite que mon histoire de milliardaires ne tiendrait pas longtemps la route. Sans me démonter, j'ai repris ma proposition initiale :

« Rien, absolument rien. Je n'ai pas besoin d'argent, j'en gagne suffisamment pour vivre décemment. Non, je suis venu pour vous proposer d'écrire un livre sur votre vie...

— Ah, tu crois que ma fin approche ! Que le moment est venu de faire le bilan ! Après tout, une biographie d'un des hommes les plus riches du pays, ça doit pouvoir intéresser pas mal de gens. D'autant plus que j'ai toujours été avare de confidences, je crois même que je suis avare tout court.

— Un livre et même peut-être un film...

— Là, tu te dévoiles... Je n'ai rien à dire. Ma fortune ne m'appartient plus, ma vie est d'une simplicité étonnante, ton livre ferait deux ou trois pages, à moins que vous inventiez une vie qui n'est pas la mienne. »

Il a regardé sa montre. J'ai compris que les dix minutes qu'il m'avait accordées étaient passées. Je me suis levé, comme pour partir, et je lui ai demandé s'il dormait bien.

« En voilà une question ! Bien sûr que je dors bien, et même très bien. Pourquoi tu t'intéresses à mon sommeil ?

— Parce que je souffre d'insomnie et que je repère les gens qui dorment sans difficulté. J'en suis jaloux et j'aime les fréquenter dans l'espoir qu'ils me communiquent leur secret. »

Il m'a dit de me rasseoir, a appuyé sur un bouton et a réclamé du café et des cornes de gazelle. J'ai remarqué un léger tremblement à sa main droite. Il le masquait en posant sur elle la main gauche qui ne tremblait pas. J'ai pensé : Parkinson, et j'ai passé rapidement en revue les effets indésirables des traitements qui le soignent. Je me suis souvenu en particulier d'un médicament qui arrêtait l'évolution de la maladie mais en créait une autre. Le patient s'évanouit et tombe n'importe où. Je n'ai rien dit. J'ai bu mon café et mangé une moitié de corne de gazelle. Nous nous observions et j'attendais la suite.

Notre entrevue a été interrompue par un coup de téléphone. C'était apparemment un médecin, car le banquier répétait après lui des noms de médicaments, leur posologie et les notait sur une feuille. Il semblait avoir oublié que j'étais là et a déclaré devant moi, stupéfait : « Effectivement, mes dernières analyses ne sont pas bonnes, je dois repasser à la clinique d'urgence. À moins que vous ne veniez chez moi, ce sera plus simple, mon laboratoire est excellent. »

Il a raccroché, m'a regardé, surpris :

« Que fais-tu là ?

— Nous parlions de votre sommeil…
— Pourquoi ? Tu es médecin aussi ?
— Non, je suis scénariste, mais je suis également spécialiste du sommeil. J'ai étudié à Paris auprès du professeur Chertock. »

Ça avait l'air de lui plaire de plus en plus et je lui étais visiblement sympathique. Il allait réfléchir à mon idée de biographie, m'a-t-il dit. Il était peut-être prêt à me donner des éléments pour l'écrire, sous certaines conditions. Mais de ça, on ne pouvait pas parler aujourd'hui, il me ferait revenir. On me préviendrait le moment venu, que je ne bouge surtout pas. Tout en me confiant qu'il venait de fêter ses quatre-vingt-dix ans, il a mis son index sur sa tempe pour me signifier que sa tête fonctionnait très bien.

Je suis rentré chez moi et ai attendu pendant plus d'un mois un appel. Il avait dû m'oublier. De nouveau mes nuits devenaient un calvaire.

Chapitre 38

Il y a le rien, l'immense rien, le gouffre qu'on imagine avec le sentiment d'une mort imminente. Elle menace, va et revient. Sentiment puissant et incolore. Un rouleau compresseur avance. Il faut courir. Les battements du cœur s'accélèrent. Mon souffle devient très court, insuffisant, alarmant. Je transpire. Derrière moi, une immense boule de ciment entourée de fils barbelés. Elle avance, cherche à passer sur mon corps. Pour le moment elle avale mon ombre. Je cours, je ne cours pas assez vite. La mort piétine les draps et l'asphodèle, déchire l'écran et met le feu dans des cercueils vides. Cette boule noire grossit en avançant. Tantôt noire, tantôt rouge. Elle a déjà écrabouillé une partie de ma raison. Fait de la bouillie avec mes viscères. Je cours comme un pestiféré, comme un voleur pris à la gorge. Il fait un froid de voleur. C'est un froid du temps où on ne se chauffait pas. Je transpire, je respire mal, je crois que je tremble. Une visite, non, une visitation, une invasion. Livraison d'une machine de mort à domicile. Le rouleau s'est éloigné. Mon cœur bat très vite. Ce n'est pas la peur, c'est un autre sentiment, une autre histoire. Une sorte d'huissier pressé d'en finir, ou bien des agents funéraires avec des hauts-de-forme noirs, comme dans *Les fraises sauvages* d'Ingmar Bergman. Ils sont habillés en noir et blanc, le visage enfariné.

La mort soudain réclame quelque chose ou quelqu'un. Moi peut-être ?

L'horloge a perdu ses aiguilles.

Le temps n'a plus ses repères.

L'huissier vocifère. Il est en costume trois pièces avec des taches de gras. Il est là et lui-même ne sait pas ce qu'il a à faire. J'échoue dans des draps en bataille, chiffonnés froissés refusés.

La mort s'est éloignée.

Une voix lointaine s'adresse à moi en italien :

« *O anime affannate, venite a noi parlar, s'altri nol niega.* »

Je traduis : « Ô âmes tourmentées, venez nous parler, si nul ne vous le défend. »

Que vient faire ici Dante ? Et pourquoi ces mots tirés de *L'Enfer* ? C'est cela, je me suis égaré. La grande angoisse m'a jeté par terre, je ne peux plus bouger. Et cette voix me répète de rejoindre un autre monde.

Vite un grand verre d'eau ! Je mets ma tête sous l'eau et je sens que je reviens de loin. Pure illusion. Le bruit de la boule siffle encore à mes oreilles, si je ferme les yeux, la boule reviendra ; je m'assois sur le bord du lit et attends. La nuit est ainsi. Elle n'abdique jamais, pleine de ressources et de tourments. Et je ne suis pas de taille à négocier avec elle. Au fond personne n'en est capable. Ce n'est pas parce qu'on s'administre des somnifères forts qu'on gagne la partie.

Chapitre 39

« L'hypnose, tu vas voir, c'est un vrai miracle. Tu vas retrouver le sommeil d'un coup ! Essaie, je te dis, laisse-toi aller… »

Mais aller où ?

L'hypnotiseur, la quarantaine, bien enveloppé, type maghrébin, calme et assez satisfait de lui, m'a parlé d'une prairie où je serais en paix… Il m'a parlé à voix basse comme si nous échangions des confidences. J'ai dû tendre l'oreille, je faisais des efforts. J'étais confortablement installé dans un fauteuil relaxant. J'ai eu tout de suite envie d'acheter le même, je l'installerais au milieu de mon salon et là je m'endormirais. J'aurais aimé lui demander l'adresse de son fournisseur. Mais ce n'était pas le moment. Je regarderais sur Internet.

L'hypnotiseur, soudain, m'a donné un ordre sur un ton ferme : « Prenez un sac-poubelle noir, ouvrez-le en le secouant, mettez-y vos problèmes, tout ce qui vous tracasse, allez-y, j'attends… »

J'ai eu envie de lui répondre : « Mais qu'est-ce que vous racontez, je n'ai pas de sac-poubelle noir, moi ! C'est complètement imaginaire ! » J'ai quand même fermé les yeux et me suis emparé d'un sac vert foncé, c'était tout ce que j'avais trouvé. Mais il résistait, collait, ne voulait pas s'ouvrir.

Et qu'allais-je y jeter en premier ?

J'ai passé en revue ce qui pouvait être à l'origine de mes troubles du sommeil :

— La première disparition de ma femme, une nuit de 1987.

— Mon divorce : une guerre d'où je suis sorti non sans séquelles graves.

— Un cancer. Hormonothérapie, radiothérapie.

— Quelques broutilles enfin, contrariétés avec des gens médiocres et rapaces, des minables qui avaient caché leur jeu, un producteur facho et un autre qui ne parlait que d'argent.

Le sac était plein, il débordait. Impossible de m'en débarrasser. Les ennuis étaient têtus. J'ai fait mine de déposer le sac, il était lourd. J'ai donné un coup de pied dedans. J'étais très énervé et agité.

L'hypnotiseur est sorti de sa réserve : « Un peu de tenue quand même ! » Il m'a observé longuement, puis m'a dit : « À présent, videz votre tête, je veux dire votre sac ! »

J'ai penché ma tête, et j'ai attendu que les choses qu'elle contenait commencent à tomber. Je l'ai secouée, j'ai changé de position, rien. J'ai fermé les yeux, j'ai essayé de m'assoupir. Mais je résistais trop. Ça ne marchait pas, je doutais du pouvoir de l'hypnotiseur.

Au bout de quarante-cinq minutes d'attente, il s'est levé et m'a dit de passer voir sa secrétaire. 130 euros et il me proposait un nouveau rendez-vous. Je lui ai dit : « Pas la peine, je ne reviendrai pas. »

En rentrant, j'ai pensé que j'avais oublié de mettre dans le sac une raison sérieuse à mon insomnie. Je ne supporte pas de ne rien faire, or en dormant, je n'écris pas, je n'imagine pas, je ne crée rien. De ce point de vue, je considère un peu le sommeil comme du temps perdu. Je sais que c'est une idée stupide. Mais je suis comme ça, je n'ai jamais appris, ni su m'ennuyer. Je remplis mon temps.

Toujours dans l'idée de guérir, j'ai cherché à consulter le docteur Réda, un ami de la famille. Il avait soigné mes parents et s'était bien occupé de ma mère quand elle avait commencé à perdre la tête et la mémoire. J'ai appelé plusieurs fois son cabinet sans parvenir à le joindre. Et puis un jour, j'ai trouvé un message sur mon téléphone fixe : « Le docteur Réda peut vous recevoir ; auriez-vous la gentillesse de l'appeler à ce numéro le matin à partir de onze heures… »

Lorsque je me suis présenté à son cabinet, une vieille secrétaire légèrement bossue m'a ouvert. Elle m'a regardé comme si j'étais le messie, le sauveur, celui qui allait résoudre un grand problème. C'était étrange de se comporter comme ça avec un patient.

Le docteur a été direct. Il voulait mourir, mais la législation interdisait l'euthanasie. Il approchait les quatre-vingts ans, vivait seul. Sa femme avait suivi un marin indonésien et ses enfants étaient éparpillés dans le monde. L'un d'eux s'était installé en Australie pour ne plus jamais entendre parler du Maroc. Tout ça était trop difficile à supporter pour le pauvre docteur Réda, d'autant plus qu'il s'était diagnostiqué un début de sclérose en plaques. Se suicider dans le silence et la grande solitude ne lui plaisait pas. Il voulait faire de son cas un exemple pour pousser l'État à promulguer une loi pour « mourir dans la dignité ». Comment avait-il bien pu savoir que je hâtais la mort des gens ?

Alors que je n'avais toujours rien dit, il m'a tendu les bras et m'a serré contre lui en me disant : « Merci mon fils ! » Cela a rendu la vieille secrétaire de très mauvaise humeur. Elle n'obéissait plus à ses ordres. Il lui avait demandé de nous préparer du thé, mais elle refusait ostensiblement. Pour le rassurer, je lui ai dit qu'un verre d'eau me suffirait. Je suis allé me servir et me suis assis en face de lui. J'ai vu alors qu'en fait il n'avait pas vraiment envie de mourir.

« Je te remercie d'avoir répondu à mon appel. Tu sais, mon vrai mal, c'est la solitude. La vieille n'arrange pas les choses. Elle est malheureuse ici mais refuse de s'en aller. Oui, la solitude, surtout le soir, où elle s'agrippe à mon corps comme un parasite qui me ronge. Même ma peau ne supporte plus mon lit. Je suis dans un tel état d'exaspération que je ne peux ni lire, ni même regarder un film. Tout m'énerve. Je souffre en silence. »

La secrétaire a fini par apporter le thé. C'est elle qui m'a indiqué le vrai remède :

« Monsieur a surtout besoin d'une présence jeune et belle, à ses côtés, dans le genre de celles qu'il regarde en boucle dans des films pas sérieux. Trouvez-lui-en une et tout ira mieux. »

Quand elle a quitté la pièce, le docteur Réda m'a dit à voix basse :

« Elle a raison. Mais cela relèverait du miracle. Quelle jeune beauté accepterait de tenir compagnie à un vieil homme comme moi qui a tant aimé les femmes ? »

Je lui ai dit que c'était surtout une question de volonté et aussi, un peu, d'argent. Il faudrait qu'il puisse suivre. Son visage s'est éclairé et ses yeux se sont mis à briller.

« Mais l'argent n'est pas du tout un problème pour moi. J'ai de côté un petit pactole où je puiserais volontiers pour sortir de la solitude. Je veux juste une présence aimable, gentille, agréable, un peu de jeunesse près de moi qui suis devenu une vieille chose, nostalgique de la beauté et de l'amour. Je ne réclame rien de plus. Oui, pas de gymnastique. Ce sera "fayne et nayce". » C'était ainsi qu'il désignait les relations sexuelles.

Il n'était maintenant plus du tout question de hâter sa mort, mais au contraire de la repousser en rendant ses jours et ses soirs plus beaux.

Je suis parti en lui promettant de m'occuper de son cas. J'avais envie d'aider cet homme qui avait été si bon avec mes parents et j'en ai oublié quelques jours mes problèmes d'insomnie.

Chapitre 40

La quête éperdue du sommeil peut être mortelle. Je me suis fait cette remarque le jour où j'ai failli être tué par celui dont je voulais hâter la mort. C'était un homme assez âgé, maigre et sec, avec un regard méchant. Il venait d'être admis dans une clinique pour des soins palliatifs. C'était l'ancien patron d'un de mes cousins. Un maniaque qui aimait dominer et torturer ses employés et qui l'avait harcelé moralement. Le jour où il a été hospitalisé, mon cousin, soulagé, m'a évoqué l'enfer qu'il avait vécu avec lui. Il avait besoin de se confier à quelqu'un parce qu'il pressentait que la disparition de cet homme signifierait sûrement pour lui la fin d'un long calvaire.

Croyant faire une bonne affaire, je me suis renseigné sur le nom de la clinique et ai décidé d'aller rendre au plus vite une petite visite à ce pervers. Je me suis fait passer pour un de ses assistants et un aide-soignant m'a indiqué sa chambre en me prévenant que ce n'était pas un malade commode. Il dormait, mais j'ai tout de suite remarqué qu'il avait le sommeil léger. Dès qu'il a ouvert les yeux, il s'est mis à hurler : « Qui es-tu ? Au secours, au secours !... » Personne n'est venu. Je l'ai rassuré peu à peu en lui parlant. Il s'est tu, m'a fait signe de m'approcher comme s'il voulait me dire quelque chose à l'oreille. C'était l'occasion rêvée pour précipiter sa mort.

Une fois que je fus près de lui, il m'a dit : « J'ai des choses importantes à te confier. Tu es bien le fils de Lalla Fatma, n'est-ce pas, ma sœur aînée ? » J'ai hoché la tête, j'étais presque collé à lui pour réussir à l'entendre. Quand soudain ses deux mains se sont jetées sur mon cou, essayant de m'étrangler. Il avait pas mal de force dans ses bras, il appuyait, je me débattais, et appelais au secours. Ses ongles avaient réussi à pénétrer ma peau. Il y avait du sang, j'ai hurlé si fort que des infirmiers ont fini par venir et ont dû littéralement me libérer de ses griffes.

J'ai pris les devants et l'ai accusé de tous les maux. J'étais venu lui rendre compte de la situation de l'usine et il m'avait pris pour un voleur, un criminel !

« Vous en faites pas, il est fou, il n'a plus sa tête et se montre même parfois dangereux ces derniers temps. »

Je suis parti presque en courant, assez soulagé d'avoir la vie sauve. Le lendemain j'ai raconté l'affaire à mon cousin qui s'étonnait que je sois allé comme ça lui rendre visite. Je lui ai répondu, d'un air détaché, que c'était pour voir la tête d'un type comme lui. Une simple curiosité, qui peut me servir en tant que scénariste.

Ça l'a rassuré. Il m'a avoué alors qu'il avait été plusieurs fois tenté d'aller poser un oreiller sur le visage de son patron pendant qu'il dormait. Je lui ai déconseillé de le faire. J'avais vu à quel point le vieux était dangereux. Sa mort n'était pas encore à l'ordre du jour. Effectivement, une semaine après, il sortait de la clinique et partait à La Mecque faire un tour pour remercier Dieu de l'avoir guéri.

C'était le genre de type increvable. Le dernier échec de ma courte carrière.

Chapitre 41

Alors que j'essayais de récupérer un peu de sommeil en faisant une sieste l'après-midi, Hadj Mostafa a sonné à ma porte. Son patron me réclamait. J'ai pris un grand cahier et deux stylos et l'ai suivi. En route, il m'a confié que le banquier le plus riche du Maroc était malade et qu'il ressentait le besoin de se livrer à quelqu'un qui ne fasse pas partie de son entourage. J'étais l'homme de la situation.

Le banquier était alité mais plein d'énergie. Il m'a fait signe de noter tout ce qu'il disait. Soudain, au beau milieu de notre conversation, une infirmière s'est présentée. C'était l'heure de la piqûre. Elle m'a demandé de bien vouloir sortir un instant. Le personnel était aux petits soins avec moi. Des ordres avaient dû être donnés. Après le départ de l'infirmière, nous avons reparlé une bonne heure pendant laquelle le banquier n'a cessé de se confier, puis il s'est arrêté brusquement et m'a demandé de bien vouloir revenir le lendemain à la même heure.

Durant quinze jours, j'ai été au service de ma future victime. Son état ne s'améliorant pas, je me préparais à toutes les éventualités. J'étais de plus en plus fatigué, car je n'arrivais pas à faire ne serait-ce qu'une sieste. Le soir je dormais une toute petite heure puis je me réveillais pour faire face à mes démons. J'étais comme un gangster qui cherche à faire son dernier grand coup avant d'aller couler des jours paisibles sur une île paradisiaque. Si je réussissais cette fois-ci, je serais tranquille pour le restant de mes jours et de mes nuits. Un grand coup. Un coup immense. Un coup inespéré, grandiose, stupéfiant ! Je me consolais en y rêvant.

« Écris ! »

Devant ma stupéfaction, il a hurlé encore plus fort : « Écris ! »

J'ai ouvert le grand cahier à la première page. J'ai débouché mon stylo et j'ai attendu qu'il commence.

« À quinze ans, mon père m'a chassé de la maison. Il n'était pas le genre à plaisanter. Aucun humour. Pas de tendresse. Pas le genre à te faire des compliments. Jamais content. Ça ne se faisait pas chez nous, mais lui, il l'a fait. Intransigeant. Je ne foutais rien à l'école. Je m'y ennuyais ferme. Je ne ramenais que des mauvaises notes et des remarques désespérées de mes profs. Je me suis retrouvé dans la rue et sans le sou. Durant une année, j'ai été clochard, mais un clochard debout, car un clodo qui se couche est foutu. Il se laisse aller et devient vite une loque. Debout et propre. Je m'arrangeais toujours pour me laver et garder mes vêtements en bon état. J'ai fait tous les métiers. Porteur, colleur d'affiches, déménageur, laveur de morts, fossoyeur, écrivain public, charmeur de serpents, maçon, jongleur, équilibriste, funambule, mime, détective, espion, gardien de nuit, garagiste, plombier, électricien, livreur, magicien et même chanteur. J'ai tout fait, j'étais toujours partant. Je ne me posais pas de questions. Je n'ai jamais gagné assez d'argent pour prendre une chambre d'hôtel. C'est dans les bus que je dormais. Un chauffeur a voulu m'adopter, mais j'ai refusé. Il avait perdu son fils unique et reportait sur moi toute son affection. Je n'ai jamais volé, jamais mendié. Mais j'étais prêt à tout pour ne pas devoir faire la manche. Dans ces moments, je me sentais seul mais fort car j'avais un défi. Ne pas tomber, ne pas échouer, espérer revenir un jour à la maison. Et je savais comment il fallait revenir, pas comme un chien la queue entre les jambes, non, revenir en étant quelqu'un, indépendant, propre, riche, pas très riche mais assez pour ne rien devoir à personne, assez pour impressionner mon père.

« Il m'a fallu tout juste un an. J'ai été aidé par des jeunes femmes providentielles. Que de fois les femmes m'auront sauvé ! Il suffisait d'un regard. Je n'étais pas moche, il y en avait qui trouvaient même que je ressemblais à Alain

Delon ! Certaines me logeaient, me mettaient dans leur bain, d'autres me sortaient en boîte. Un jour, l'une d'entre elles, plus âgée que moi, a voulu me donner de l'argent pour coucher avec elle. J'ai refusé. Je lui ai fait l'amour, elle a adoré, et puis je ne l'ai plus revue. Une autre, une certaine Cristina, une Argentine, a voulu me présenter à ses parents comme son fiancé. Ils visitaient le Maroc. Je leur ai servi de guide en leur racontant des histoires qui les faisaient rire. Je mélangeais le français et l'italien pour arriver à un espagnol compréhensible. Guide, mais sûrement pas fiancé. Je lui ai dit que, tant que je n'avais pas un métier sûr et convenable, je ne pouvais pas m'engager. Elle m'a fait comprendre que son père pourrait me trouver du travail en Argentine, mais je ne voulais pas m'éloigner de Casa. Je crois qu'elle était très amoureuse. Elle a pleuré le jour de son départ. Pas moi. Pas le temps d'être amoureux. Tomber amoureux c'était un luxe que je ne pouvais pas me permettre.

« Je n'ai jamais souffert de la faim, ni de la solitude. Je savais que j'allais un jour m'en sortir. C'était une certitude, une conviction, et surtout une question de temps. Je me disais : il faut entreprendre, acheter et vendre, n'importe quoi, mais ne jamais rester les bras croisés. C'est là que j'ai rencontré Marcel, un juif de Marrakech, malin, un peu fou, disons que nous avions le même profil. Nous nous sommes reconnus. Moi, je ramassais les peaux de mouton le lendemain de la fête de l'Aïd-el-Kébir. Lui les vendait. Au bout d'une semaine, nous étions arrivés à un chiffre d'affaires intéressant. Après les peaux de mouton, j'ai vendu des tentes aux gens qui partaient en pique-nique à la station thermale de Sidi Harazem. Les tentes venaient d'un surplus américain que le père de Marcel avait récupéré dans son dépôt à Casablanca. Nos affaires ont commencé alors à devenir vraiment intéressantes. Je logeais avec Marcel dans une maison du mellah de Casa. J'entretenais discrètement une relation avec Sarah, sa sœur, pulpeuse, grasse et tellement gentille. À vingt ans, j'avais ma propre société. Ce n'était pas encore le moment de revenir à la maison. De temps en temps j'appelais ma mère pour la rassurer, mais je n'étais pas prêt pour affronter mon père. Je m'étais fixé un seuil : pas moins d'un million. Avec un million, j'aurais son respect.

« Malheureusement toute la famille de mon ami Marcel est soudainement partie en Israël. Je me suis retrouvé avec nos deux sociétés sur les bras. J'ai engagé de nouveaux partenaires. C'était le moment où l'immobilier était une aubaine à cause du départ des juifs. Le père de Marcel m'avait mis en contact avec un vieux rabbin qui était resté pour gérer les biens de la communauté. Je passais par lui. J'ai vite repéré en lui le parfait escroc. Il n'avait aucun scrupule. Voler ses propres frères et cousins ! Malgré tout j'ai acheté et vendu des dizaines de maisons en faisant une plus-value magnifique. Il m'arrivait d'avoir mauvaise conscience. Mais ce qui me faisait le plus mal c'était la fuite de ces milliers de juifs qui vivaient en paix avec les musulmans. Paradoxalement, je leur étais redevable. C'est grâce à eux que je m'enrichissais. Mais j'étais triste car ils n'étaient plus là. Quel gâchis ! Surtout que je savais qu'ils n'allaient pas être très heureux là-bas. À la même époque, au Maroc, quelques imbéciles mettaient dans leurs boîtes des lettres anonymes où étaient dessinés une valise et un cercueil. La peur s'installait. Le Maroc ne voyait pas qu'il s'appauvrissait à chaque nouveau départ. Il perdait une partie de son âme.

« En fait je ne me considérais pas encore assez riche. Il fallait que je passe, moi aussi, les frontières. Partir en Amérique, c'était le rêve absolu. J'ai appris l'anglais en quelques semaines et j'ai retrouvé Marcel à New York. Israël ne lui avait pas réussi. À nous deux, New York ! Quel défi ! Nous étions loin de Casa et du mellah et il nous a fallu nous familiariser avec le système américain. Mais au bout d'un trimestre nous étions déjà devenus plus américains que les vrais Américains. Nos deux intelligences faisaient des merveilles. Nous étions complémentaires. Nous vivions dans un tourbillon où ce qui comptait le plus n'était pas l'argent, mais comment le faire fructifier, comment entreprendre des choses pour le multiplier. J'ai appris qu'être obsédé par l'argent est la pire des choses. Ce n'est pas l'argent qui est important, c'est la manière dont il fait travailler notre intelligence, ce qu'il réveille en nous d'audace, d'imagination, d'invention.

« C'est à New York que je suis devenu un entrepreneur. Ma fortune faite, je me suis accordé une pause. Je ne spéculais plus. Je vivais toujours modestement, n'oubliant pas l'année passée dans la rue. Je suis revenu au Maroc. Mon père, malade, m'a reçu, les larmes aux yeux. Il regrettait ce qu'il avait fait avec moi. Je l'ai rassuré et l'ai remercié. Après son décès, je me suis marié, je n'ai malheureusement pas réussi à avoir des enfants, me suis mis à jouer au golf et à fréquenter les gens haut placés dans le pays. Là, j'avoue que j'ai été très surpris. En fait ils se divisaient en deux catégories. Les hommes d'affaires à l'ancienne, ceux qui n'avaient jamais quitté le Maroc, et puis les autres, ceux qui avaient voyagé, vu et rencontré d'autres gens, s'étaient frottés à d'autres cultures. La différence était énorme. En revanche, ils avaient tous recours à la corruption. Ils n'avaient aucun mérite. Réussir parce qu'on a acheté un droit, c'est honteux. J'ai appris à me méfier. Je repérais les escrocs et les évitais. Un jour, j'ai invité l'un d'entre eux à prendre un café et lui ai signifié qu'il perdait son temps à me tourner autour. Il m'a dit, goguenard : "Il faut toujours essayer, on ne sait jamais !" Quelques mois après notre entrevue, on l'a retrouvé avec une balle dans la nuque dans un parking d'Algésiras.

« Je te parlerai la prochaine fois de mes séjours

au Japon. Là, j'ai besoin de me reposer. Tu as tout noté ? Tout ? »

En sortant, j'ai rencontré l'infirmière. Je lui ai adressé un grand sourire. Je devais m'en faire une amie. J'ai bavardé avec elle, lui ai fait des compliments et lui ai dit que nous devions rester en contact. Nous avons échangé nos numéros. Le soir, j'ai eu ce que j'appelle un demi-sommeil. Mon sommeil était si léger que j'étais ballotté entre la veille et l'endormissement.

Chapitre 42

Durant deux jours, pas de nouvelles du banquier le plus riche du Maroc. Je traînais chez moi, désœuvré, quand Hadj Mostafa est venu frapper à ma porte :

« Le vieux voudrait lire ce que t'as écrit. On va donner ton carnet à une secrétaire pour le faire taper. »

Je lui ai répondu que je ne l'avais pas. Que le banquier m'avait interdit de l'emporter avec moi. Il avait dû oublier. Hadj Mostafa est reparti contrarié.

Une semaine plus tard et quelques insomnies entre 5 et 6 sur l'échelle de Hammou (c'est notre Richter), Hadj Mostafa m'a rappelé et je me suis rendu de nouveau chez le banquier pour l'écouter me dicter sa vie. Il m'a avoué que ses nuits étaient très agitées ces derniers temps.

« Je ne sais pas ce qui m'arrive mais j'ai perdu le sommeil. Ça doit être les effets indésirables de mes médicaments. Bon, je voulais te raconter le

Japon. Ah, le Japon, quel pays, quelle civilisation, quelle culture ! Le Japon, c'est le Maroc moins l'angoisse ! J'ai failli épouser une Japonaise, mais elle était trop soumise, ça m'a refroidi. J'aime bien les femmes qui ont du tempérament, d'ailleurs ma femme marocaine est terrible. Enfin, qu'est-ce que je disais ?... »

Il s'est tu soudain, le regard fixant le plafond. Il devait rêver, se remémorer ses bons moments nippons. J'ai même vu une larme couler sur sa joue. Il a sombré ensuite dans un sommeil si profond que l'infirmière et moi avons cru qu'il était dans le coma. Que faire ? J'ai déposé le cahier sur la table de chevet à côté des médicaments et hésitais à partir. C'est alors que Hadj Mostafa a surgi dans la chambre et m'a donné l'ordre de m'en aller.

Samira, l'infirmière, avait terminé ses heures, une autre était arrivée pour la relayer. Il faisait déjà nuit, je n'allais pas laisser cette jeune et belle femme rentrer seule chez elle. Je lui ai demandé à tout hasard si elle était libre de partager mon dîner. Elle a pris un air hésitant puis m'a dit : « OK pour manger, pas pour baiser. » Je savais que le personnel hospitalier utilisait un langage cru, mais j'étais un peu choqué. Je l'ai rassurée avec beaucoup de diplomatie, même si je reconnais que mon envie d'elle était réelle.

Au restaurant, elle s'est mise à se confier. Elle avait été jusqu'à récemment la maîtresse du banquier le plus riche du Maroc. Il ne bandait plus, m'a-t-elle précisé tout de suite, mais aimait la tripoter, lui caresser les aisselles. Il lui avait demandé de se laisser pousser les poils. Leurs séances se passaient toujours en fin de journée, au moment où le soleil se couchait. Il était pris alors d'un désir bref et impatient, lui demandait de s'asseoir à ses côtés et elle devait se laisser faire. Elle y mettait du sien, faisait tout pour éviter la médiocrité ou la vulgarité, et essayait longuement de réveiller son pénis froid. Elle arrivait quand même à le faire jouir sans éjaculation. Il avait dû être opéré de la prostate, mais elle ne lui avait jamais posé la question. Elle se contentait de lui faire passer un moment agréable et repartait chez elle. Parfois elle n'attendait même pas l'enveloppe de Hadj Mostafa.

Nous en étions au dessert, le moment était venu de lui poser des questions sur le traitement exact du banquier. Elle m'a écrit spontanément sur la nappe en papier le nom des médicaments dont elle se souvenait. J'ai déchiré la feuille et l'ai glissée dans ma poche. Alors que je faisais signe au serveur de m'apporter l'addition, sur un ton taquin, elle m'a demandé si j'habitais seul, si j'étais divorcé, si j'aimais les femmes…

« Tu es bien curieuse.

— En vérité je n'ai pas envie de rentrer.

— Alors allons chez moi, ce n'est pas aussi luxueux que la villa de notre patient, mais tu verras, on s'y sent bien. Tu pourras même rester autant que tu veux, moi non plus je n'ai pas envie d'être seul. »

Je lui ai tendu la main. Elle a marqué une pause, poussé un bref soupir, puis m'a dit :

« Tu seras gentil avec moi ? »

Quand nous sommes arrivés à la maison, elle a déposé son sac et s'est enfermée dans la salle de bains. Quelques instants plus tard, elle s'installait sur le grand canapé et me demandait de lui servir un verre.

« Un verre de quoi ?

— De tout ce que la religion nous interdit ! Un bon vin par exemple. »

Nous avons bu, écouté Léo Ferré qui chantait *C'est extra*. Quand il a entamé le passage « Sous le voile à peine clos… », elle s'est mise à rire et s'est déshabillée lentement, elle était la fille qui tangue et vient mouiller. J'ai remarqué qu'elle s'était rasé les poils sous les aisselles. Je lui ai demandé si elle les laisserait pousser pour moi aussi. Elle a éclaté de rire :

« Mais vous êtes tous vicieux ! »

Elle s'est emparée d'une grappe de raisins sur la table. Elle a choisi deux grains, m'a demandé d'ouvrir la bouche et surtout de ne pas les croquer. Elle en a glissé deux dans la sienne, puis, délicatement, s'est approchée de moi et m'a embrassé en troquant son raisin contre le mien. Et nous voilà dans un échange voluptueux entre deux bouches avides, où toute la grappe a fini par passer.

Il y avait aussi des figues fraîches dans le bol, elle en a pris une, bien mûre, et l'a installée entre les lèvres de son vagin. Elle a pris ma tête et l'a dirigée vers son bas-ventre. C'est la plus belle figue que j'ai jamais mangée. Quand elle s'est relevée, elle m'a dit : « Moi aussi "j'ai des cheveux qui tombent comme le soir" et "de la musique en bas des reins" ! »

La nuit, elle m'a raconté des anecdotes étranges sur le vieux banquier qui avait une peur maladive de la mort. « Justement, lui ai-je dit, c'est sa mort qui m'intéresse.

— Ne te fais pas d'illusions, il est radin, très radin.

— Je n'en veux pas à son argent.

— Alors que veux-tu ? »

J'ai pris un air mystérieux. Là, elle a tourné son index sur sa tempe et m'a souhaité bonne nuit. Cela faisait longtemps qu'une femme ne s'était pas endormie à mes côtés. Elle était nue, une lumière douce caressait ses reins et ses fesses. Je l'ai regardée longuement et ai passé ma main entre ses cuisses. C'était sublime. J'ai éjaculé en éprouvant une sensation de douceur inouïe. Évidemment je n'ai plus fermé l'œil de la nuit.

Chapitre 43

Je l'ai accompagnée le lendemain à la maison du banquier le plus riche du Maroc. Le personnel nous a informés qu'il avait été transporté d'urgence pendant la nuit dans sa meilleure clinique. Nous avons pris aussitôt un taxi en direction de cet hôpital pour ultra-riches. Je me suis fait passer pour son neveu. Un médecin m'a dit qu'il était en salle de réanimation. Il fallait absolument que je l'approche. J'ai sorti de ma poche un chapelet et j'ai improvisé : « Je dois prier à ses côtés, c'est son chapelet, il ne s'en sépare jamais, il faut que je le mette entre ses mains, vous verrez, ça le réveillera. » Samira a préféré s'en aller. Le médecin m'a accompagné et m'a laissé seul au chevet du banquier le plus riche du Maroc. J'avais le champ libre pour hâter sa mort. En partant, le médecin avait fait une grimace signifiant qu'il était foutu. J'ai fait semblant de prier. J'ai posé ma tête sur sa poitrine. Il respirait mal. Son heure était arrivée. Je n'aurais rien à faire si ce n'est attendre. Je lui ai pris la main, l'ai serrée fort, il n'a pas réagi. J'ai posé la mienne sur son visage, sans appuyer. Je sentais arriver la mort. Elle ne faisait pas de bruit. Il avait la bouche ouverte. Un trou noir. J'ai eu envie d'y fourrer le chapelet et provoquer ainsi un étouffement. Non, cela se remarquerait. Il fallait juste que je sois patient. J'égrenais entre mes doigts les petites boules en nacre du chapelet et faisais mes calculs. Je n'ai imploré ni Dieu ni ses prophètes. J'étais carrément mesquin et bassement intéressé. Aucune honte ni pudeur. Le temps s'écoulait avec une lenteur étrange. La mort prenait son temps. Je me suis finalement mis à réciter quelques versets du Coran.

Le médecin est revenu, lui a pris le pouls, puis la tension artérielle. Il a fait la même grimace que tout à l'heure. J'ai continué à réciter mes versets. Puis il m'a dit : « C'est bien. Ça ne peut que lui faire du bien. » Dès qu'il a quitté la chambre, j'ai posé ma tête et mes mains sur la poitrine de mon « client ». J'ai appuyé fort. Sa nuque s'est durcie, puis s'est raidie et il a eu un premier râle, lent et profond, puis un deuxième plus bref, suivi d'un grand silence. J'ai pris son pouls. C'était la fin. Il a rendu l'âme. J'ai mis mon chapelet entre ses doigts. Il était dix-sept heures trente-quatre. J'étais soulagé et triste à la fois. Après un moment de recueillement où j'ai pensé à ma propre fin, je suis sorti chercher le médecin.

« Ça y est, je crois qu'il est mort.

— On va voir ça. »

Il a constaté la mort, m'a demandé l'heure puis a appelé deux infirmiers :

« Direct à la morgue B. »

Le banquier le plus riche du Maroc était maintenant réduit à une petite chose désuète, un corps chétif et quelconque, devenu une chose, un objet, un morceau de bois. Plus aucune trace d'humanité sur ce visage crispé. Il était parti contrarié. Peut-être avait-il eu le temps, une dernière fois, de pleurer. Pleurer toute la nuit dans cette solitude froide, pendant qu'il comptait les minutes et les secondes. Ni son immense fortune, ni ses biens, ni sa prestance et son charisme n'ont suivi le brancard qui l'a emmené vers la morgue B., celle des morts qui ne passent pas la nuit là. La famille n'allait pas tarder à réclamer le corps. Ses frères l'envelopperaient, comme il l'avait demandé, dans un magnifique linceul brodé où les noms d'Allah et de son messager Mohammad étaient plusieurs fois calligraphiés. Ils feraient brûler de l'encens du paradis et une bonne centaine de lecteurs du Coran se mettraient à l'œuvre. Ses funérailles seraient à la mesure de sa fortune et de sa réputation. Même mort, on parlerait encore de lui comme de l'entrepreneur et du banquier le plus riche du pays. On rappellerait ses bienfaits, sa volonté et son courage et on le citerait en exemple pour inciter les jeunes à ne jamais baisser les bras et travailler pour changer leur destin. La presse lui consacrerait des numéros spéciaux et en ferait le « héros du nouveau Maroc ».

Je me suis rendu compte que je venais de réaliser le plus grand hold-up du siècle. Mes points crédits sommeil s'accumulaient à grande vitesse. J'en avais pour plus d'une vie. Je venais de toucher le plus grand héritage du Maroc. Pas en argent, ou en immobilier, juste en points crédits sommeil dont la valeur était inestimable. Ma tête bourdonnait, les PCS s'accumulaient à grande vitesse. Ils faisaient un drôle de bruit en moi, une sorte de pluie forte qui tombait sur un toit en métal. Un début de migraine m'a informé d'un encombrement important. Il fallait aller au lit immédiatement.

Je suis resté quelques instants dans les couloirs de la clinique, la tête penchée, le corps lourd, le cœur inquiet. Des pensées troubles me donnaient le vertige. J'aurais voulu crier victoire, mais je n'en avais pas le droit, du moins en ces lieux et en cet instant. Il fallait jouer la comédie jusqu'au bout. Je devais disparaître avant l'arrivée de la famille.

Chapitre 44

Sa famille, à vrai dire, se réduisait à deux frères qui attendaient sa mort depuis longtemps. Il n'avait pas eu d'enfants et était séparé de sa dernière femme. J'ai appelé Hadj Mostafa et lui ai présenté longuement mes condoléances. Il m'a écouté en silence, puis m'a dit : « Bon, c'est pas tout, mais il faut que je m'occupe de l'intendance, moi. » Il voulait parler des funérailles. Il devait avant toute chose consulter les frères qui avaient la réputation de n'être ni commodes ni arrangeants. Il m'a appris que, pour le banquier, ne pas avoir eu de descendance était devenu avec le temps un sujet douloureux. Quelques mois plus tôt, il avait même voulu adopter un garçon pour combler ce manque, mais ses frères s'y étaient opposés, lui rappelant les lois de l'islam sur la question. On peut prendre sous son aile un enfant orphelin mais en aucun cas lui transmettre son nom. Le verset 4 de la sourate 33 est formel : « Vos enfants adoptifs ne peuvent devenir vos propres enfants. » Quelle que soit l'affection qu'on lui porte, il reste étranger à la famille et au nom, et par conséquent à l'héritage. À moins de truquer les documents et prétendre qu'il était né dans la famille. Mais les frères veillaient et n'auraient jamais permis une telle usurpation.

Le banquier le plus riche du Maroc se devait d'avoir les funérailles les plus fastes possibles, les deux frères ont pris très vite les choses en main. Des ministres sont tout de suite venus leur présenter leurs condoléances, quelqu'un du palais a téléphoné. Une rumeur insensée a même circulé : le roi allait envoyer son frère assister aux obsèques. Mais non, finalement il y aurait le Tout-Casablanca et le Tout-Rabat, mais le prince ne viendrait pas.

Pendant que chacun dans son coin pensait à sa propre mort, moi, je faisais mentalement ma petite comptabilité. Ce serait mon dernier client. C'était décidé. Plus besoin de courir derrière les mourants. La disparition du banquier m'avait comblé. J'avais en poche un peu moins de quinze mille nuits de bon sommeil. J'en avais pour une vingtaine d'années et mourrais bien avant d'avoir épuisé tous mes points crédits. Finies les angoisses, les heures creuses et pénibles à attendre le sommeil. J'étais prêt pour une nouvelle vie.

La veille de l'enterrement, j'étais chez moi, plongé dans mes pensées, quand Samira est arrivée en larmes. Je ne comprenais pas pourquoi elle pleurait. Peut-être que le vieux lui avait légué quelque chose pour la remercier. Mais il était, de son propre aveu, radin. Celui que j'avais vu partir à la morgue était nu. Pas le moindre billet de banque, le moindre titre de propriété ni le moindre bijou sur lui.

Entre deux sanglots, elle m'a dit que le banquier avait été assez généreux avec elle. Ses larmes m'ont paru sincères. Cela lui allait bien et la rendait plus sensuelle encore. Curieusement j'ai eu envie d'elle. Plus elle pleurait, plus elle me faisait bander. Au bout d'un moment à déverser devant moi sa tristesse, je lui ai demandé d'arrêter, sinon je ne répondrais plus de mes actes. Elle m'a regardé ahurie et m'a tendu sa main pour que je la lui prenne. Je l'ai attirée vers moi et l'ai serrée très fort. Elle a mis sa tête au creux de mon épaule. Je lui ai promis de la consoler le soir même. Faire l'amour avec elle avant les funérailles de notre bienfaiteur ne pouvait qu'être une excellente initiative. À son insu, il faisait le lien entre nous deux. Ce serait aussi une façon pour moi de fêter le gros héritage que je venais de subtiliser discrètement.

Elle est allée prendre un bain très chaud. Du salon, je l'ai entendue chanter avec tristesse. J'aurais bien aimé la rejoindre, mais je me suis retenu. Elle pouvait se montrer toute nue devant moi mais était pudique. Elle est sortie du bain au bout d'un quart d'heure tout emmitouflée dans mon peignoir, ses cheveux relevés en un chignon assez joli, et sans un mot elle s'est blottie dans mon lit. Je l'ai regardée longuement, avec une immense tendresse. J'étais un peu amoureux d'elle, je crois. J'aimais la présence de cette femme de quarante-deux ans. Un bel âge, me disais-je, chaque fois que je me trouvais dans ses bras.

J'ai eu envie de lui lire des poèmes, de chanter sa beauté, d'être romantique avec elle, mais les mots me manquaient et je n'arrivais pas à sortir de mon silence. Elle devait penser que j'étais affecté par la mort du banquier le plus riche du Maroc. Comment lui dire la vérité ? De toute façon, il m'était strictement interdit de lui révéler sa véritable fin. Nous parlâmes du vieux et de ses manies. Elle avait commencé à être sa maîtresse quand elle avait à peine trente ans. Dès le début, il ne se passait pas grand-chose quand ils se retrouvaient dans la chambre d'un palace.

Le jour des funérailles, plusieurs voitures de police étaient stationnées près de la villa du banquier. Je me suis présenté tôt le matin tout de blanc vêtu et suis entré sans éveiller de soupçons. J'avais une très bonne mine, ayant dormi profondément et paisiblement. Les PCS du milliardaire, je m'en rendais compte, étaient de très bonne qualité. Des gens s'activaient de toute part. Un homme d'une soixantaine d'années donnait des ordres. Il devait être un des deux frères. On attendait l'arrivée des lecteurs du

Coran. Hadj Mostafa avait fait appel à ses connaissances pour qu'ils soient au moins une centaine. Les laveurs de morts sont arrivés à leur tour. Le frère s'est précipité vers eux pour leur donner le linceul que le banquier avait fait préparer pour ce jour. Très vite la lecture a commencé. Hadj Mostafa a apporté des encensoirs avec de l'encens appelé « parfum du paradis ». Des serveurs distribuaient des bouteilles d'eau minérale. Les femmes étaient séparées des hommes. Dans un des salons, j'ai aperçu une vieille dame qui se lamentait et pleurait à chaudes larmes en répétant « il est parti, il est parti, qui pensera à moi le jour de l'Aïd, qui me fera livrer un mouton pour la fête ? Il n'est plus là, Dieu l'a rappelé à lui, Dieu est grand »... Devant la maison, un des concierges faisait la chasse aux mendiants accourus de tout Casa. Ils connaissaient bien la maison. Tous les vendredis, le chauffeur distribuait aux nécessiteux du pain et du sucre.

Le service de sécurité s'attendait à une grande affluence. Des gens arrivaient de toutes les villes du pays. Vers dix heures, le corps enveloppé dans le linceul a été déposé sur une natte au milieu du salon. Malgré sa grande taille, il apparaissait toujours aussi petit. Je me suis installé dans un coin de la pièce de manière à ce que rien ne m'échappe. J'égrenais nerveusement mon chapelet, écrasé entre deux hommes assez corpulents. La lecture du Coran fut d'abord assurée par un très jeune homme, vainqueur cette année du concours national du meilleur lecteur du Coran. Il était entièrement absorbé par ses psalmodies. Tout le monde l'écoutait. Il avait une belle voix, levait la tête, les yeux fermés quand il récitait. Quand il s'est interrompu, immédiatement le chœur des « tolbas » s'est mis à réciter la sourate de La Vache. La maison était pleine. Les serveurs suivaient les ordres du traiteur. Donner à boire sans interruption. Distribuer des éventails chinois à ceux qui avaient chaud. Les funérailles étaient grandioses. Elles étaient dignes de la fortune du banquier le plus riche du Maroc. Puis les officiels sont arrivés. On leur a fait de la place. Certains consultaient leur téléphone. Il y a même eu un jeune barbu pour oser prendre en photo le défunt. Vers midi, un homme a donné l'ordre de se lever. Tout le monde l'a suivi. Les pleureuses se sont mises à hurler leur douleur. Les hommes les ont priées de faire moins de bruit. Le corps a été déposé dans le corbillard. Direction la grande mosquée Hassan-II, puis le cimetière Al-Moudjahidines. Des motards ouvraient la route au convoi.

À la mosquée la prière a été plus rapide. Un homme a crié en direction de l'assistance : « Funérailles d'un homme », la formule traditionnelle. Il n'était plus le banquier le plus riche du Maroc, ni l'homme ami des puissants, ni le beau golfeur séducteur des jeunes dames, c'était juste un homme, rien qu'un homme parmi tant d'autres, rendu à la terre dans sa nudité absolue.

L'enterrement aussi a été d'une rapidité exceptionnelle. En moins de deux heures tout était fini. Le banquier le plus riche du Maroc était sous terre. D'après la tradition, deux anges étaient à présent à son chevet pour le transport de son âme.

La famille a reçu les condoléances. Le traiteur a distribué aux mendiants pain et figues sèches. Les gens se sont dispersés et les plus proches se sont retrouvés dans la grande villa où un déjeuner les attendait. Des tables avaient été dressées comme pour un mariage. S'il n'y avait eu un petit groupe qui lisait le Coran, on aurait pu se tromper de cérémonie. Le traiteur était connu pour être le plus prisé du royaume. Il prétendait servir le palais.

Voyant tout cela, j'ai préféré m'éclipser, sentant surtout venir en moi un besoin urgent de dormir. J'étais plein de sommeil. Mon lit m'attendait. Il était quinze heures. À peine arrivé chez moi je me suis mis au lit sans même enlever mes habits. Le sommeil me réclamait, je ne pouvais pas le faire plus attendre. J'ai bu un verre d'eau et je me suis endormi profondément.

ÉPILOGUE

Cela fait au moins dix jours que je dors. Il m'arrive de me lever pour pisser, puis je retourne au lit où je tombe comme un sac lourd et pars dans une nuit noire où des rêves de plus en plus cruels me jettent d'un continent à un autre.

La nuit dernière je ne me suis pas levé pour pisser. Étrange. Ai-je fait pipi dans le lit ? Non, même pas. Je n'ai plus besoin de pisser puisque je ne bois plus d'eau et que probablement je ne suis plus de ce monde. Je dis ça et puis je perds le sens de tout. Je ne sais plus où je suis ni qui je suis. Le couloir est long. On parle d'un tunnel avec au bout la fameuse lumière. Mais je ne vois pas de lumière. Je marche et ne me retourne pas. Je dois aller jusqu'au bout. Mais le bout de quoi ? Je ne sais plus compter les jours et les nuits. Je ne sais plus rien faire. Je n'ai prise sur rien. Tout me quitte et m'oublie. On m'avait dit un jour de « lâcher prise ». Si j'y suis parvenu, en tout cas je ne me souviens de rien. Je suis toujours là mais je sens que je suis comme vidé.

Comme si quelqu'un était venu siphonner tout ce que mon corps contenait. Je ne suis plus qu'une carcasse, une peau, un tas d'os, sans plus aucun muscle, plus aucun organe. Peut-être que mon corps a été donné à la science. En tout cas je n'ai pas encore été incinéré. J'ai toujours refusé, d'ailleurs. Depuis que ma chère Catherine, une de mes amantes que j'ai le plus aimées, a été incinérée, je ne supporte pas l'idée de voir un corps sans âme, réduit à un tas de cendres dans une urne posée sur la cheminée. Catherine m'avait caché cette volonté. Pourtant nous nous disions tout. Elle était trop jeune pour évoquer ce genre de chose. Mais la mort ne s'est pas gênée pour l'emporter avant ses quarante-cinq ans.

Alors, la mort, ce serait donc ce que je vis en ce moment ? Un tunnel, puis un immense drap blanc. Plus de vent, plus rien qui bouge. Depuis dix jours, tout est arrêté, comme une horloge aux aiguilles bloquées, comme un corbillard tiré par un vieux cheval malade qui avance dans une rue exagérément éclairée, probablement par des spots de cinéma très puissants.

Mais je ne suis pas dans un film. J'erre dans une nuit où même les chats ont pris la fuite. Je me sens comme sans ticket dans une gare ou une station de bus. Je ne cesse de me dire « je ne rêve pas, je ne rêve pas ».

*

À présent je sais. Les crédits sommeil du banquier le plus riche du Maroc m'ont plongé dans un coma profond. J'entends tout, je sens toujours, même les odeurs de cuisine. Mais je n'ai pas faim. En fait je n'ai plus aucune envie. Mes désirs se sont calmés. Mes colères aussi. Mon rythme est plat. Je suis à plat. Je ne ressens rien. Mais pourquoi suis-je entouré d'une bande de Japonais qui me parlent comme si j'étais un des leurs ? Et comment se fait-il que je comprenne tout ce qu'ils me disent ? Ils parlent d'une geisha qui se serait échappée d'un cirque marocain. Elle aurait suivi un paysan du Haut-Atlas, propriétaire d'un chameau dressé pour danser la java. Les Japonais gesticulent et pensent que je sais où leur geisha s'est réfugiée. Bizarre ! N'ayant rien réussi à tirer de mon profond sommeil, ils sont repartis. Une infirmière se penche sur moi et m'appelle en me tapotant la joue. Je ne réagis pas. Évidemment, je ne l'encourage pas à me réveiller. Je me sens si bien dans cet état d'un sommeil doux. Je dors tellement parfaitement qu'une certitude s'est imposée à moi : je ne sortirai plus de ce coma. C'est pour longtemps, c'est sûrement même pour toujours. L'éternité est ainsi. On dort et on entend les bruits alentour. C'est pas mal.

Donc je suis mort, mort mais pas enterré. Pas encore.

Je suis mort, bien mort, écrasé par des tonnes de points crédits sommeil. Écrabouillé, aplati, et mis dans de la ouate.

Le banquier le plus riche du Maroc m'a tué. Il ne le sait pas, mais c'est sa vengeance posthume. Il est fort ! Avec l'argent, il a réussi à m'atteindre après sa mort. Plus que me faire mal, il m'a annihilé. Je suis là, devenu un légume sans intérêt. Personne pour écouter mon histoire de Japonais, par exemple. Pourtant ils ne sont pas nombreux à visiter notre pays. Entre Tokyo et Casablanca la distance est énorme. Entre le Japonais et le Marocain, il y a un océan de différences…

Dans mon coma, je rêve. Je rêve de plus en plus. Je n'ai que cela à faire. Le coma c'est l'oisiveté qui se ressource.

Ce matin les Japonais sont revenus. Ils ont retrouvé leur geisha. Ils m'ont apporté des cadeaux. Des mouchoirs, des cartes postales, des crayons de couleur. Ils ont déposé tout cela sur la petite table à côté du lit et sont partis en me disant des choses gentilles en japonais.

Si je pouvais, j'aimerais demander que sur ma pierre tombale soit gravé : « Ci-gît un ancien insomniaque ». Peut-être que quelqu'un aura spontanément l'idée de le faire. J'ai oublié de m'en occuper quand j'étais encore en bonne santé.

J'entends ce matin un médecin dire qu'il va falloir que je débarrasse le plancher ! Il a besoin du lit. Je pensais être chez moi. Mais qui m'a emmené dans cet hôpital ? Il a raison, il faut que je rentre chez moi. C'est ma voisine, la veuve, qui s'est apparemment proposée pour me ramener à la maison. Probablement la sienne. J'espère qu'elle aura la bonne idée de hâter ma mort, elle héritera non seulement de mon bon sommeil, mais aussi de mes économies.

*

J'attends le train. Le train des retardataires. Des ivrognes et des bâtards. Des paumés et des fripouilles. Des chats sauvages et des ânes borgnes. De ceux qui devraient être au lit mais qui traînent dans les bars. De ceux qui se sont trompés de vie et de rue. Des abonnés au chagrin. Des rêveurs voyageurs. Des maniaques de l'insouciance. Des délinquants attardés. Des enfants des rues. Des cambrioleurs du hasard. Des petits malins de la nuit. Des corps abandonnés. Des corps mal foutus. Des débris et déchets.

Je suis là depuis un bon moment. Je suis arrivé en avance. Je ne me pardonnerais pas de rater le train du sommeil, surtout s'il ne repasse pas. Ses horaires étranges défient la logique. Parfois il oublie de s'arrêter. Chacun, paraît-il, a son train, il ne faut pas se tromper. Il arrive qu'on monte dans le mauvais, espérant qu'il pourrait faire l'affaire. On s'y sent gêné tout de suite, comme si on était entré par effraction chez quelqu'un. Les bons dormeurs qui préparent leur lit vous regardent méchamment. On n'est pas le bienvenu, on s'excuse, on bredouille quelques mots pour faire baisser la tension, mais ça ne sert à rien. On ne peut pas voler la nuit de quelqu'un d'autre. Il faut redescendre tout de suite et attendre la sienne. Mais on a beau tirer sur la sonnette d'alarme, le train ne s'arrête pas. On panique, on se sent perdu, on voit défiler les paysages et on compte les moutons comme on le faisait enfant. Les moutons sont des nuages qui nous suivent.

Je connais mon train. Il est lent et ancien. Sur la locomotive est écrit le nom de Brigitte Bardot. C'est étrange d'avoir donné ce nom à une vieille locomotive en fin de vie. C'est peut-être une erreur. Je ne veux pas enquêter là-dessus. J'aurais préféré que mon train s'appelle Gary Cooper ou Burt Lancaster. Il pourrait aussi porter le nom du coureur marocain, champion du monde, Aouita. Qu'importe. Il ne passe pas tous les soirs. Il lui arrive souvent d'être en panne ou de desservir d'autres gares. Plusieurs fois, alors que son arrivée est imminente, une voix inaudible et désagréable m'apprend à travers un haut-parleur que « pour des raisons techniques et métaphysiques le B. B. ne desservira pas cette gare ». La voix répète toutes les cinq minutes son message sans autre explication.

La dernière fois que je suis venu attendre, je me suis retrouvé à côté d'une femme qui avait dû être très belle. Une actrice de la Nouvelle Vague, je crois même qu'elle avait été la femme d'un réalisateur. Elle portait un chapeau large, de couleur rouge bordeaux je crois. Lorsque le haut-parleur a annoncé que le train ne s'arrêtait pas, elle a poussé un cri et m'a dit, comme si nous étions un couple : « Qu'allons-nous faire à présent ? » Je lui ai proposé de l'aider à passer la nuit en lui racontant des histoires. Elle a ouvert de grands yeux ébahis et m'a répondu : « Oui, pourquoi pas, des histoires, j'adore les histoires surtout quand elles viennent de loin et qu'elles sentent la cannelle et le gingembre. Mais, n'oubliez pas, vous m'avez fait rater mon train, c'est grave. » J'ai souri. Je lui ai expliqué que notre train avait été simplement annulé et qu'il ne passerait pas cette nuit. Je n'y étais absolument pour rien.

Nous sommes entrés dans un café où il n'y avait personne. Elle a commandé un demi et moi une verveine. Elle était choquée. « Une verveine ? Mais vous croyez sincèrement que ça va vous aider à vous endormir ? C'est de la blague. L'alcool facilite bien plus la venue du sommeil. On fait croire n'importe quoi aux gens ! Vous devez boire du vin, son effet soporifique est connu. » Je lui ai dit que je bois rarement et que je déteste les vins ordinaires.

Après un moment de silence, elle me demande de deviner pourquoi elle ne dort pas.

« Parce que vous êtes comédienne. Vous n'habitez pas souvent votre corps. Vous le prêtez aux autres et puis vous oubliez de le reprendre. »

Elle se met à rire, puis s'approche de moi et me murmure ces quelques mots : « Quand je dors, je m'emmerde. » Cet aveu me fait plaisir, car je n'ai jamais osé formuler les choses en ces termes. « Pourquoi dormir alors qu'on peut faire tant de choses ? lui dis-je. Faire de la musique, écrire des histoires, dessiner des arbres à l'infini, cuisiner des plats avec des épices venues d'ailleurs, faire l'amour, écouter une symphonie de Mahler… Tant de choses à faire, des choses utiles ou gratuites… c'est merveilleux.

— Et puis aussi voir ou revoir des films classiques en noir et blanc, muets de préférence, ajoute-t-elle. Le cinéma d'aujourd'hui est bavard, sans subtilité, avec des dialogues ramassés dans des bistrots, sans intelligence. Le cinéma est fini, il est mort. C'est pour ça que les gens préfèrent de plus en plus les séries. J'adore les séries filmées en Australie, ou dans les pays nordiques, dans le froid et la neige, avec des personnages inquiétants, des objets étranges, des enfants méchants, cruels… J'adore particulièrement les enfants méchants, ils sont souvent formidables et plus intéressants que les autres, les bien élevés, les bien éduqués. Je les regardais jouer, et je repensais à mes nuits lourdes. Maintenant, c'est différent, je suis pleine de sommeil, tellement pleine que je ne me relèverai plus jamais. Le grand sommeil. Le grand silence. L'immense drap blanc d'une neige éternelle qu'aucun oiseau ne souille. Je vous fais peur, n'est-ce pas, vous devez vous dire que c'est l'effet de l'alcool, mais je suis complètement lucide, je dis ce que je vois, ce que je ressens et j'emmerde le monde. Je vais devenir vulgaire… J'arrête. Mais vous ne parlez pas, vous ne dites plus rien. Vous n'êtes pas mort au moins ?

Répondez, bon sang, bougez un doigt, une paupière. Faites-moi signe, juste un signe léger, léger comme l'air… »

La gare et les environs étaient enveloppés dans un épais brouillard. Je l'ai surprise en lui proposant de faire quelques pas en attendant le train de 5 h 41 qui passait ramasser les malheureux comme nous.

« Et où les emmène-t-il ?

— Au paradis. »

Elle a éclaté de rire, a pris mon bras, et nous voilà partis marcher sur le bord d'une route où on ne voyait pas à plus d'un mètre.

Le 5 h 41 est arrivé. C'était un train rapide, neuf, propre. En montant, on a découvert que c'était en fait le train des gens qui travaillaient tôt. Nous étions étrangers, sans billet, sans place. Sans nous concerter nous sommes descendus au premier arrêt et chacun a pris un chemin différent. Le mien était tracé par un géomètre fou. Il était tout en zigzag. Je n'avais pas le choix. Il fallait le suivre et ne plus se poser de questions. Le sien avait l'air plus normal, un chemin sans entraves, rectiligne, horizontal, comme la mort.

Le soleil se levait et tout s'effaçait. Je l'ai perdue de vue. Seul son parfum flottait encore dans l'air.

*

Ce soir, pas question de rater mon train, celui qui m'est bel et bien destiné et qui doit en principe me garantir un bon sommeil. Je suis de nouveau en avance dans la gare dont le nom a été effacé par la rouille. L'horloge de la façade a perdu ses aiguilles. Une autre a les aiguilles figées sur 10 h 10. Rien ne bouge. Sur le quai, quelques voyageurs sans bagages. Je suis le seul à porter une vieille valise en carton. Elle est assez lourde. Je ne sais pas ce qu'il y a dedans ni qui me l'a donnée. Je la trimbale comme si je devais la remettre à quelqu'un, mais je n'ai pas eu le droit de poser des questions.

J'ai entendu le bruit du train. C'était un vieux machin qui avait du mal à avancer. Il sifflait et dégageait une épaisse fumée noire. C'était le train de *Règlements de comptes à O.K. Corral* ou bien celui qu'attend Gary Cooper dans *Le train sifflera trois fois*. Je ne saurais pas dire lequel des deux avance péniblement en cette nuit froide. Je mélange les deux films et je vois Kirk Douglas saluer Gary Cooper pendant que Burt Lancaster essaie d'embrasser la ravissante Grace Kelly. Tous ces acteurs me fascinent. Mais je sais bien qu'ils ne font que passer devant mes yeux, qu'ils n'existent pas. Ça me plaît de les regarder, surtout en ces moments où plus rien n'est à sa place.

Il y a de la fumée, du bruit, de la tension et de l'attente. Un homme chante « Si toi aussi tu m'abandonnes… ». Gary Cooper affronte le danger seul. C'est un héros et nous nous sommes tous un jour identifiés à lui.

Le train va bientôt crever l'écran de la nuit et tout déchirer sur son passage. Il avance en faisant grincer horriblement les rails.

Je l'attends, ma valise à la main, obligé de la porter puisqu'elle n'a pas de roulettes, comme toutes les valises d'aujourd'hui. Une valise qui n'est même pas à moi. Suis-je perdu dans un rêve ? Non, je suis bien sur le quai de la gare dont le nom a été effacé. J'y suis depuis un moment et j'attends mon train. Ma valise est lourde. Je crois qu'elle a été remplie de rêves et de sommeil.

Je suis prêt. J'ai les traits tirés mais ne porte pas de chapeau ni de revolver. Je suis un figurant dans un film en noir et blanc qui se serait trompé d'époque, de pays et de ciel.

Au moment où je monte dans le wagon, une main forte et déterminée me tire en arrière vers l'autre côté. Je manque de basculer et de tomber. La main me retient fermement jusqu'au départ du train. Impossible de bouger, de lui échapper. Une main métallique, puissante, impitoyable. Mais qu'ai-je fait pour qu'elle m'empoigne de la sorte ?

Sous mes yeux, des ombres montent dans l'unique wagon. Je reconnais ma mère, jeune, belle, aux bras d'un homme plus âgé qu'elle. Elle ne m'a pas vu. Je crois que je suis devenu invisible. Elle est suivie par Lalla Zineb, ma demi-sœur, habillée avec un caftan cousu de fils d'or et d'argent. Elle a beaucoup minci. Mes anges bienfaiteurs s'en vont sans moi.

Le train démarre, je le vois s'éloigner et la main me lâche enfin.

Je suis seul sur le quai sans valise. Elle a disparu ou quelqu'un me l'a prise. Il n'y a plus personne, pas même un vagabond avec qui bavarder. Un chien traîne, indifférent. Je ne suis rien pour lui. J'ai froid, j'ai soif, j'ai la gorge sèche, mon peu de salive est amère. Je décide d'attendre un bus. Son numéro est un code : X2KLQ7. Le premier doit passer vers cinq heures, c'est le premier de la journée. Et moi qui cherche toujours à commencer ma nuit… Mais la nuit est partie depuis longtemps. Elle a pris le train avec tous mes personnages de cinéma préférés. Ma nuit s'est déversée dans une autre nuit, comme un rêve ouvre les portes d'un autre rêve, et ainsi de suite à l'infini… Un labyrinthe se dessine sous mes yeux. Je n'arrive plus à rien décider. Abandonner ou s'entêter ?

La nuit, ma nuit s'est éclipsée comme si d'autres s'en étaient emparés. Elle fait le tour de la ville, rassure les âmes brisées, calme les enfants très actifs.

Je monte dans le bus. Le chauffeur est un Africain. Il est de bonne humeur et chante *No Woman No Cry* à tue-tête. Je suis le seul passager. Mes yeux se ferment lentement. Ça y est, j'accepte de mourir. Oui, plus de résistance. Le grand sommeil, l'éternel, peut venir enfin et m'emporter.

DU MÊME AUTEUR

Aux Éditions Gallimard

PARTIR, 2006 (Folio n° 4525)

GIACOMETTI. LA RUE D'UN SEUL *suivi de* VISITE FANTÔME DE L'ATELIER, 2006 (Folio n° 6224)

LE DISCOURS DU CHAMEAU *suivi de* JÉNINE ET AUTRES POÈMES, 2007 (Poésie/Gallimard n° 427)

SUR MA MÈRE, 2008 (Folio n° 4923)

AU PAYS, 2009 (Folio n° 5145)

MARABOUTS, MAROC, 2009, avec des photographies d'Antonio Cores et Beatriz del Rio et des dessins de Claudio Bravo

LETTRE À DELACROIX, 2010 (Folio n° 5086) précédemment paru en 2005 dans *Delacroix au Maroc* aux Éditions F.M.R

JEAN GENET, LE MENTEUR SUBLIME, 2010 (Folio n° 5547)

BECKETT ET GENET, UN THÉ À TANGER, 2010

HARROUDA, *nouvelle édition précédée d'une note de l'auteur*, 2010 (première édition 1973, Éditions Denoël, repris en Folio n° 1981 ; avec des illustrations de Baudoin, Bibliothèque Futuropolis, 1991)

L'ÉTINCELLE. RÉVOLTES DANS LES PAYS ARABES, 2011

PAR LE FEU, 2011

QUE LA BLESSURE SE FERME, 2012

LE BONHEUR CONJUGAL, 2012 (Folio n° 5688)

LETTRE À MATISSE ET AUTRES ÉCRITS SUR L'ART, 2013 (Folio n° 5656)

L'ABLATION, 2014 (Folio n° 5922)

POÈMES, PEINTURES, 2015

LE MARIAGE DE PLAISIR, 2016 (Folio n° 6385)

ROMANS, coll. « Quarto », 2017

J'ESSAIE DE PEINDRE LA LUMIÈRE DU MONDE (en coédition avec l'Institut du monde arabe), 2017

LA PUNITION, 2018 (Folio n° 6714)

L'INSOMNIE, 2019 (Folio n° 6867, sous le titre L'INSOMNIAQUE). Élu parmi les 9 meilleurs polars de l'année *CNews*

DOULEUR ET LUMIÈRE DU MONDE: POÈMES, 2019

Aux Éditions Gallimard Jeunesse

PHILO POUR NOS ENFANTS, Illustrations de Hubert Poirot-Bourdain, 2020

Aux Éditions Denoël

LA RÉCLUSION SOLITAIRE, 1976 (Folio n° 5923)

Aux Éditions du Seuil

LA PLUS HAUTE DES SOLITUDES, 1977 (Points-Seuil)

MOHA LE FOU, MOHA LE SAGE, 1978 (Points-Seuil). Prix des Bibliothécaires de France, prix Radio-Monte-Carlo, 1979

LA PRIÈRE DE L'ABSENT, 1981 (Points-Seuil)

L'ÉCRIVAIN PUBLIC, 1983 (Points-Seuil)

HOSPITALITÉ FRANÇAISE, 1984, nouvelle édition en 1997 (Points-Seuil)

L'ENFANT DE SABLE, 1985 (Points-Seuil)

LA NUIT SACRÉE, 1987 (Points-Seuil). Prix Goncourt

JOUR DE SILENCE À TANGER, 1990 (Points-Seuil)

LES YEUX BAISSÉS, 1991 (Points-Seuil)

LA REMONTÉE DES CENDRES *suivi de* NON IDENTIFIÉS, édition bilingue, version arabe de Kadhim Jihad, 1991 (Points-Seuil)

L'ANGE AVEUGLE, 1992 (Points-Seuil)

L'HOMME ROMPU, 1994 (Points-Seuil)

ÉLOGE DE L'AMITIÉ, Arléa, 1994 ; réédition sous le titre ÉLOGE DE L'AMITIÉ, OMBRES DE LA TRAHISON (Points-Seuil)

POÉSIE COMPLÈTE, 1995

LE PREMIER AMOUR EST TOUJOURS LE DERNIER, 1995 (Points-Seuil)

LA NUIT DE L'ERREUR, 1997 (Points-Seuil)

LE RACISME EXPLIQUÉ À MA FILLE, 1998 ; nouvelle édition en 2009

L'AUBERGE DES PAUVRES, 1999 (Points-Seuil)

CETTE AVEUGLANTE ABSENCE DE LUMIÈRE, 2001 (Points-Seuil). Prix Impac 2004

L'ISLAM EXPLIQUÉ AUX ENFANTS, 2002

AMOURS SORCIÈRES, 2003 (Points-Seuil)

LE DERNIER AMI, 2004 (Points-Seuil)

LES PIERRES DU TEMPS ET AUTRES POÈMES, 2007 (Points-Seuil)

L'ISLAM EXPLIQUÉ AUX ENFANTS (ET À LEURS PARENTS), 2012

MES CONTES DE PERRAULT, 2014

L'ISLAM EXPLIQUÉ EN IMAGES, 2017

LE RACISME EXPLIQUÉ À MA FILLE : VINGT ANS APRÈS : CE QUI A CHANGÉ (1998-2018), 2018

Chez d'autres éditeurs

LES AMANDIERS SONT MORTS DE LEURS BLESSURES, Maspero, 1976 (Points- Seuil). Prix de l'Amitié franco-arabe, 1976

LA MÉMOIRE FUTURE, Anthologie de la nouvelle poésie du Maroc, Maspero, 1976

LA FIANCÉE DE L'EAU *suivi de* ENTRETIENS AVEC M. SAÏD HAMMADI, OUVRIER ALGÉRIEN, Actes Sud, 1984

LA SOUDURE FRATERNELLE, Arléa, 1994

LES RAISINS DE LA GALÈRE, Fayard, 1996 (Folio n° 5824)

LABYRINTHE DES SENTIMENTS, Stock, 1999 (Points-Seuil)

AU SEUIL DU PARADIS, Éditions des Busclats, 2012

UN PAYS SUR LES NERFS, Éditions de l'Aube, 2017

COLLECTION FOLIO

Dernières parutions

6861. Danièle Sallenave	*L'églantine et le muguet*
6862. Martin Winckler	*L'École des soignantes*
6863. Zéno Bianu	*Petit éloge du bleu*
6864. Collectif	*Anthologie de la littérature grecque. De Troie à Byzance*
6865. Italo Calvino	*Monsieur Palomar*
6866. Auguste de Villiers de l'Isle-Adam	*Histoires insolites*
6867. Tahar Ben Jelloun	*L'insomniaque*
6868. Dominique Bona	*Mes vies secrètes*
6869. Arnaud Cathrine	*J'entends des regards que vous croyez muets*
6870. Élisabeth Filhol	*Doggerland*
6871. Lisa Halliday	*Asymétrie*
6872. Bruno Le Maire	*Paul. Une amitié*
6873. Nathalie Léger	*La robe blanche*
6874. Gilles Leroy	*Le diable emporte le fils rebelle*
6875. Jacques Ferrandez / Jean Giono	*Le chant du monde*
6876. Kazuo Ishiguro	*2 nouvelles musicales*
6877. Collectif	*Fioretti. Légendes de saint François d'Assise*
6878. Herta Müller	*La convocation*
6879. Giosuè Calaciura	*Borgo Vecchio*
6880. Marc Dugain	*Intérieur jour*
6881. Marc Dugain	*Transparence*
6882. Elena Ferrante	*Frantumaglia. L'écriture et ma vie*
6883. Lilia Hassaine	*L'œil du paon*
6884. Jon McGregor	*Réservoir 13*
6885. Caroline Lamarche	*Nous sommes à la lisière*

6886. Isabelle Sorente — *Le complexe de la sorcière*
6887. Karine Tuil — *Les choses humaines*
6888. Ovide — *Pénélope à Ulysse* et autres lettres d'amour de grandes héroïnes antiques
6889. Louis Pergaud — *La tragique aventure de Goupil* et autres contes animaliers
6890. Rainer Maria Rilke — *Notes sur la mélodie des choses* et autres textes
6891. George Orwell — *Mil neuf cent quatre-vingt-quatre*
6892. Jacques Casanova — *Histoire de ma vie*
6893. Santiago H. Amigorena — *Le ghetto intérieur*
6894. Dominique Barbéris — *Un dimanche à Ville-d'Avray*
6895. Alessandro Baricco — *The Game*
6896. Joffrine Donnadieu — *Une histoire de France*
6897. Marie Nimier — *Les confidences*
6898. Sylvain Ouillon — *Les jours*
6899. Ludmila Oulitskaïa — *Médée et ses enfants*
6900. Antoine Wauters — *Pense aux pierres sous tes pas*
6901. Franz-Olivier Giesbert — *Le schmock*
6902. Élisée Reclus — *La source* et autres histoires d'un ruisseau
6903. Simone Weil — *Étude pour une déclaration des obligations envers l'être humain* et autres textes
6904. Aurélien Bellanger — *Le continent de la douceur*
6905. Jean-Philippe Blondel — *La grande escapade*
6906. Astrid Éliard — *La dernière fois que j'ai vu Adèle*
6907. Lian Hearn — *Shikanoko, livres I et II*
6908. Lian Hearn — *Shikanoko, livres III et IV*
6909. Roy Jacobsen — *Mer blanche*
6910. Luc Lang — *La tentation*
6911. Jean-Baptiste Naudet — *La blessure*
6912. Erik Orsenna — *Briser en nous la mer gelée*
6913. Sylvain Prudhomme — *Par les routes*
6914. Vincent Raynaud — *Au tournant de la nuit*

6915. Kazuki Sakuraba — *La légende des filles rouges*
6916. Philippe Sollers — *Désir*
6917. Charles Baudelaire — *De l'essence du rire* et autres textes
6918. Marguerite Duras — *Madame Dodin*
6919. Madame de Genlis — *Mademoiselle de Clermont*
6920. Collectif — *La Commune des écrivains. Paris, 1871 : vivre et écrire l'insurrection*
6921. Jonathan Coe — *Le cœur de l'Angleterre*
6922. Yoann Barbereau — *Dans les geôles de Sibérie*
6923. Raphaël Confiant — *Grand café Martinique*
6924. Jérôme Garcin — *Le dernier hiver du Cid*
6925. Arnaud de La Grange — *Le huitième soir*
6926. Javier Marías — *Berta Isla*
6927. Fiona Mozley — *Elmet*
6928. Philip Pullman — *La Belle Sauvage. La trilogie de la Poussière, I*
6929. Jean-Christophe Rufin — *Les trois femmes du Consul. Les énigmes d'Aurel le Consul*
6930. Collectif — *Haikus de printemps et d'été*
6931. Épicure — *Lettre à Ménécée* et autres textes
6932. Marcel Proust — *Le Mystérieux Correspondant* et autres nouvelles retrouvées
6933. Nelly Alard — *La vie que tu t'étais imaginée*
6934. Sophie Chauveau — *La fabrique des pervers*
6935. Cecil Scott Forester — *L'heureux retour*
6936. Cecil Scott Forester — *Un vaisseau de ligne*
6937. Cecil Scott Forester — *Pavillon haut*
6938. Pam Jenoff — *La parade des enfants perdus*
6939. Maylis de Kerangal — *Ni fleurs ni couronnes* suivi de *Sous la cendre*
6940. Michèle Lesbre — *Rendez-vous à Parme*
6941. Akira Mizubayashi — *Âme brisée*
6942. Arto Paasilinna — *Adam & Eve*
6943. Leïla Slimani — *Le pays des autres*
6944. Zadie Smith — *Indices*

6945. Cesare Pavese — *La plage*
6946. Rabindranath Tagore — *À quatre voix*
6947. Jean de La Fontaine — *Les Amours de Psyché et de Cupidon* précédé d'*Adonis* et du *Songe de Vaux*
6948. Bartabas — *D'un cheval l'autre*
6949. Tonino Benacquista — *Toutes les histoires d'amour ont été racontées, sauf une*
6950. François Cavanna — *Crève, Ducon !*
6951. René Frégni — *Dernier arrêt avant l'automne*
6952. Violaine Huisman — *Rose désert*
6953. Alexandre Labruffe — *Chroniques d'une station-service*
6954. Franck Maubert — *Avec Bacon*
6955. Claire Messud — *Avant le bouleversement du monde*
6956. Olivier Rolin — *Extérieur monde*
6957. Karina Sainz Borgo — *La fille de l'Espagnole*
6958. Julie Wolkenstein — *Et toujours en été*
6959. James Fenimore Cooper — *Le Corsaire Rouge*
6960. Jean-Baptiste Andrea — *Cent millions d'années et un jour*
6961. Nino Haratischwili — *La huitième vie*
6962. Fabrice Humbert — *Le monde n'existe pas*
6963. Karl Ove Knausgaard — *Fin de combat. Mon combat - Livre VI*
6964. Rebecca Lighieri — *Il est des hommes qui se perdront toujours*
6965. Ian McEwan — *Une machine comme moi*
6966. Alexandre Postel — *Un automne de Flaubert*
6967. Anne Serre — *Au cœur d'un été tout en or*
6968. Sylvain Tesson — *La panthère des neiges*
6969. Maurice Leblanc — *Arsène Lupin, gentleman-cambrioleur*
6970. Nathacha Appanah — *Le ciel par-dessus le toit*
6971. Pierre Assouline — *Tu seras un homme, mon fils*
6972. Maylis Besserie — *Le tiers temps*
6973. Marie Darrieussecq — *La mer à l'envers*
6974. Marie Gauthier — *Court vêtue*

6975.	Iegor Gran	*Les services compétents*
6976.	Patrick Modiano	*Encre sympathique*
6977.	Christophe Ono-dit-Biot et Adel Abdessemed	*Nuit espagnole*
6978.	Regina Porter	*Ce que l'on sème*
6979.	Yasmina Reza	*Anne-Marie la beauté*
6980.	Anne Sinclair	*La rafle des notables*
6981.	Maurice Leblanc	*Arsène Lupin contre Herlock Sholmès*
6982.	George Orwell	*La Ferme des animaux*
6983.	Jean-Pierre Siméon	*Petit éloge de la poésie*
6984.	Amos Oz	*Ne dis pas la nuit*
6985.	Belinda Cannone	*Petit éloge de l'embrassement*
6986.	Christian Bobin	*Pierre,*
6987.	Claire Castillon	*Marche blanche*
6988.	Christelle Dabos	*La Passe-miroir, Livre IV. La tempête des échos*
6989.	Hans Fallada	*Le cauchemar*
6990.	Pauline Guéna	*18.3. Une année à la PJ*
6991.	Anna Hope	*Nos espérances*
6992.	Elizabeth Jane Howard	*Étés anglais. La saga des Cazalet I*
6993.	J.M.G. Le Clézio	*Alma*
6994.	Irène Némirovsky	*L'ennemie*
6995.	Marc Pautrel	*L'éternel printemps*
6996.	Lucie Rico	*Le chant du poulet sous vide*
6997.	Abdourahman A. Waberi	*Pourquoi tu danses quand tu marches ?*
6998.	Sei Shônagon	*Choses qui rendent heureux* et autres notes de chevet
6999.	Paul Valéry	*L'homme et la coquille* et autres textes
7000.	Tracy Chevalier	*La brodeuse de Winchester*
7001.	Collectif	*Contes du Chat noir*
7002.	Edmond et Jules de Goncourt	*Journal*
7003.	Collectif	*À nous la Terre !*
7004.	Dave Eggers	*Le moine de Moka*

7005. Alain Finkielkraut — *À la première personne*
7007. C. E. Morgan — *Tous les vivants*
7008. Jean d'Ormesson — *Un hosanna sans fin*
7009. Amos Oz — *Connaître une femme*
7010. Olivia Rosenthal — *Éloge des bâtards*
7011. Collectif — *Écrire Marseille.* 15 grands auteurs célèbrent la cité phocéenne
7012. Fédor Dostoïevski — *Les Nuits blanches*
7013. Marguerite Abouet et Clément Oubrerie — *Aya de Yopougon 5*
7014. Marguerite Abouet et Clément Oubrerie — *Aya de Yopougon 6*
7015. Élisa Shua Dusapin — *Vladivostok Circus*
7016. David Foenkinos — *La famille Martin*
7017. Pierre Jourde — *Pays perdu*
7018. Patrick Lapeyre — *Paula ou personne*
7019. Albane Linÿer — *J'ai des idées pour détruire ton ego*
7020. Marie Nimier — *Le Palais des Orties*
7021. Daniel Pennac — *La loi du rêveur*
7022. Philip Pullman — *La Communauté des esprits. La trilogie de la Poussière II*
7023. Robert Seethaler — *Le Champ*
7024. Jón Kalman Stefánsson — *Lumière d'été, puis vient la nuit*
7025. Gabrielle Filteau-Chiba — *Encabanée*
7026. George Orwell — *Pourquoi j'écris* et autres textes politiques
7027. Ivan Tourguéniev — *Le Journal d'un homme de trop*
7028. Henry Céard — *Une belle journée*
7029. Mohammed Aïssaoui — *Les funambules*
7030. Julian Barnes — *L'homme en rouge*
7031. Gaëlle Bélem — *Un monstre est là, derrière la porte*
7032. Olivier Chantraine — *De beaux restes*
7033. Elena Ferrante — *La vie mensongère des adultes*

7034.	Marie-Hélène Lafon	*Histoire du fils*
7035.	Marie-Hélène Lafon	*Mo*
7036.	Carole Martinez	*Les roses fauves*
7037.	Laurine Roux	*Le Sanctuaire*
7038.	Dai Sijie	*Les caves du Potala*
7039.	Adèle Van Reeth	*La vie ordinaire*
7040.	Antoine Wauters	*Nos mères*
7041.	Alain	*Connais-toi* et autres fragments
7042.	Françoise de Graffigny	*Lettres d'une Péruvienne*
7043.	Antoine de Saint-Exupéry	*Lettres à l'inconnue* suivi de *Choix de lettres dessinées*
7044.	Pauline Baer de Perignon	*La collection disparue*
7045.	Collectif	*Le Cantique des cantiques. L'Ecclésiaste*
7046.	Jessie Burton	*Les secrets de ma mère*
7047.	Stéphanie Coste	*Le passeur*
7048.	Carole Fives	*Térébenthine*
7049.	Luc-Michel Fouassier	*Les pantoufles*
7050.	Franz-Olivier Giesbert	*Dernier été*
7051.	Julia Kerninon	*Liv Maria*
7052.	Bruno Le Maire	*L'ange et la bête. Mémoires provisoires*
7053.	Philippe Sollers	*Légende*
7054.	Mamen Sánchez	*La gitane aux yeux bleus*
7055.	Jean-Marie Rouart	*La construction d'un coupable.* À paraître
7056.	Laurence Sterne	*Voyage sentimental en France et en Italie*
7057.	Nicolas de Condorcet	*Conseils à sa fille* et autres textes
7058.	Jack Kerouac	*La grande traversée de l'Ouest en bus* et autres textes beat
7059.	Albert Camus	*« Cher Monsieur Germain,... »* Lettres et extraits
7060.	Philippe Sollers	*Agent secret*

Tous les papiers utilisés pour les ouvrages des collections Folio sont certifiés et proviennent de forêts gérées durablement.

Composition Igs
Impression Maury Imprimeur
45330 Malesherbes
le 20 juin 2022
Dépôt légal : juin 2022
1er dépôt légal dans la collection : septembre 2020
Numéro d'imprimeur : 263896

ISBN 978-2-07-288339-2 / Imprimé en France.

545979